sad ending

sad ending

울고 나서 다시 만나

–새드'엔딩' 이야기

권민경

차례

일러두기

- 외래어 표기는 국립국어원 표기법에 준하였으나, 일부는 통용되는 표기를 따랐습니다.
- 영화, 애니메이션, 그림, 노래, 게임과 짧은 텍스트는 〈 〉로, 긴 텍스트는 《 》로 표시하였습니다.

작가의 말

새드엔딩과 해피엔딩을 주제로 한 책을 기획 중이란 이야기를 들은 것은 코로나가 한창인 2020년 여름이었다. 재미있겠단 생각이 우선 들었다. 그래서 이 기획에 함께해보겠느냐는 제의를 흔쾌히 받아들였다.

금방 끝낼 수 있을 거라 여겼던 원고는 2023년까지 이어졌다. 지루하게 이어지던 코로나19처럼, 이 책의 원고도 오래 내 손을 떠나지 못했다. 지금 생각해 보면 2020년에서부터 2023년 초 사이의 시간은 내 생애 가장 무기력한 시간이었다. 기존의 생활 패턴이 모두 깨져 고통스러웠다. 사람 만나는 걸 즐기지 않았던 내게도 팬데믹 상황은 참기 힘든 것이었는지, 끝없는 무기력에 빠져야 했다.

하지만 그 무기력한 시간이 내게 쓸데없는 시간

이라고 생각하진 않는다. 고통을 즐기란 말은 싫어하지만, 이왕 겪은 일을 부정할 생각은 없다.

나는 그 시간 동안에도 뭔가를 끊임없이 했다. 다만 글을 쓰지 못했을 뿐.

비록 내가 했던 일들이 남이 보기에 쓸데없는, 유튜브를 보거나 게임을 하는 등의, '시간 때우기'였지만, 뭔가를 할 수 있는 기력이 있는 한 분명 어떤 것에서든 얻는 게 있으니까.

그저 되도록 모든 사람이 행복한 상황에서 많은 것을 얻을 수 있길 바란다.

나는 이번에 새드엔딩 작품 속에서 내가 무엇을 발견했는가에 대해 썼다. 왜 슬픈 끝이 다른 어떤 결말보다 더 나았는지에 대해서도 썼다.

모두가 행복했으면 좋겠다는 앞선 말과 반대로, 나는 행복한 것에서보다 슬픈 것에 더 자극받는 타입이긴 하다.

처음 새드엔딩 작가로 배정(!)받았을 때는, 미스매치가 아닐까 생각했었다. 그런데 글을 써보니 생각이 바뀌었다. 나, 생각보다 새드엔딩을 더 좋아할지도?

아쉬운 것은 처음 이 프로젝트의 기획을 들었을 때 상상했던, 감성적이고 슬프고 애틋한 감정을 제대로 담아내지 못했다는 점이다. 아마 여성 시인에게 바라는 어떤 촉촉함 같은 것이 새드엔딩의 기획에 담겨 있지 않았을까. 그러나 나는 기본적으로 농담을 좋아하고 그에 반해 따지는 것도 좋아하고, 그러니까 흠뻑 감성에 젖으려고 해도 마음껏 젖기에 적합한 사람이 아니다. (참고로 나는 MBTI 검사를 하면 INFP이지만 늘 F와 T의 비율이 비등비등하다.)

그래서 여기 글들이 여러분이 기대한 것과 일치할지는 모르겠다. 다만 여기 내 나름대로 새드엔딩에 대한 찬사나 미학을 담았으니, 함께 나눴으면 참 좋겠다.

그리고 이제 드디어 누군가를 만날 수 있다는 기쁨도 이 책을 통해 나누고 싶다. 묘하게도 지난 팬데믹 시기와 내 우울의 시기가 겹치니, 여러모로 한 시기를 넘어 독자들과 새로 인사를 하는 기분이 든다.

긴 터널을 빠져나왔다는 표현은 너무 상투적이지만, 사실 그런 표현이 적당하다. 터널을 지나온 후 마주하는 볕, 짜릿하게 나를 자극하는 감각.

지각한 원고를 겨우 마무리하며 내가 느낀 해방감은, 맡은 일을 끝냈다는 것에 비롯되었을 뿐 아니라, 한 시기를 견뎌냈다는 안도감도 포함된다.

그러니까 비록 새드엔딩이란 주제로 인사하지만, 사실 이 새드엔딩을 여러분과 함께 나눌 수 있어서 무척 해피하다는, 그런 마음이다.

미완성 원고를 고통스럽게 읽어준 효에게 감사를 전하며.

그리고 이 글을 읽는 분들의 엔딩 없는 행복을 바라며.

2023년 봄

권민경

/ '피터 팬' /

유일하다는
거짓말

누구나 첫사랑의 기억을 갖고 있을 것이다. 나의 첫사랑은 피터였다. 풀네임은 피터 팬. 실제 사람이 아니라 캐릭터가 첫사랑인 것은, 훗날 덕후가 되는 나의 인생을 예고한 것일지도 모른다.

피터를 처음 본 것은 TV 애니메이션을 통해서이다. 1990년, MBC에서 〈피터 팬의 모험〉이란 애니메이션이 방영되었다.

소심한 만큼 상상력이란 게 풍부했던 내가 피터에게 반한 것은 어쩌면 당연한 일이었다. 그에겐 나에게 없는 무모함과 자유로움이 있었다. 그렇기에 나뿐 아니라 당시 많은 개구쟁이 소년소녀들이 피터를 첫사랑의 대상으로 삼았다.

그 후로 원작 소설도 읽고 관련 영화도 보면서

더 많은 피터를 접했지만 '피터 팬'의 엔딩은 늘 서글펐다.

피터 팬과의 모험을 끝내고 집으로 돌아온 웬디는 어른이 되면서 더 이상 네버랜드로 갈 수 없게 된다. 웬디 대신에 그의 딸이, 그리고 시간이 흘러서 그 딸이 또 어른이 되면 웬디의 손녀가 피터와 함께 여행을 떠난다.

피터와의 여행을 끝낸 웬디는 가정을 꾸리고 사랑스러운 아이들과 손녀까지 보고, 대체할 수 없는 행복을 맞았다. 하지만,

어른이 되는 것은 슬픈 일이다. '피터 팬'을 볼 때마다 나는 그 생각을 떨칠 수 없다. 그러니까, 모험을 떠나지 못하는 것이 슬픈 게 아니라(그것도 썩 유쾌하지 못하지만) 나를 대체할 다른 사람이 있다는 것이 진짜 슬펐던 것 같다.

나는 이 세상의 부품일 뿐임을 어른이 되면서 경험으로 알게 됐다. 날 대신할 사람은 많다. 그런

세상을 바꿔보자고 여러 사람이 애를 쓰고 있지만, 그들마저 시간이 지나면 또 다른 무언가로 교체될 수 있고, 실제로 그렇게 되기도 했다는 사실을 상기하는 건 늘 씁쓸한 일이다.

웬디는 대체되었다.

내가 대리만족하던 대상이 그런 취급을 받으니, 뜬금없이 새드엔딩으로 끝난 드라마의 팬들처럼 성이 났다. 사실 웬디가 스스로 원한 일이고, 그래서 웬디는 괜찮다는데도 혼자 서글픈 거다. 피터만큼이나 웬디도 영원하길 바랐으니까.

첫사랑이 유일한 만큼, 나도 유일하고 싶다.

나를 데리고 가 줘. 나이 들어도 대체할 수 없는 내가 있다고 말해 줘. 거짓말이라도 안 될까? 소설이나 만화에서만이라도.

그런 질척거리는 마음으로, 나는 대신할 수 없는 유일함을 생각한다.

하지만 여행은 언젠가 끝난다. 그래도 삶은 계속

된다. 어린 나는 웬디처럼 어른이 되었다. 새드엔딩 처럼 느껴지던 시시한 일상에도 행복은 있다. '막상 살아 보니, 생각보다 괜찮더라'고 말할 수 있는 나는 마흔하나. 다시 돌아갈 수 없는 행복한 시절이 있었기에 수많은 웬디들은 오늘을 살아갈 수 있으리라. 조금은 슬프더라도.

/ 〈못다 핀 꽃 한 송이〉〈봄날〉 /

한 송이 꽃 피는 봄날
부르는 노래

마흔 해를 넘게 살아오는 동안 여러 죽음을 마주했다. 갑작스러운 죽음도, 준비되었던 죽음도 있었다. 실은 그 어떤 죽음도 당황스럽기만 했다. 어른의 덕목 중에는, 죽음에 익숙해지는 것도 있지 않을까. 의연하게 떠나보내는 것은 참 어려운 일이다. 당황하지 않기, 조금 덜 슬퍼하기 등을 익히며 우리는 나이를 먹어 간다.

성공적인 '떠나보내기'를 위해 우리는 추모를 한다. 어떤 추모는 잔잔하지만 오래 지속되기도 한다. 어떤 추모는 머리를 풀고 울부짖는 강렬함 속에 금방 완료된다. 어쨌든 추모에 성공해야 비로소 일상으로 돌아가 나의 삶을 살아갈 수 있다.

⁂

얼마 전에 지방에 다녀왔다. 난 늘 집에만 있어서, 계절을 크게 실감하지 못한다. 그런데 차를 타고 이동하다 보니 바깥 풍경이 새삼 환하게 느껴졌다. 따뜻한 볕 때문에 차 안의 온도가 올라갔다. 바야흐로 잠이 쏟아지는 계절. 꽃이 흐드러지는 것 보면 늘 생각나는 노래가 있기에, 졸음을 이기려 그 노래를 흥얼거렸다.

⁂

김수철의 〈못다 핀 꽃 한 송이〉는 멜로디부터 슬프다. 단조의 곡조가 구슬프다. 가사는 일견 남녀 간의 이별을 노래한 것처럼 느껴진다. 떠난 님이 돌아오지 않는다. 남은 사람은 비록 님이 멀리 갔어도 '못다 핀 꽃 한 송이'를 피울 것이라 말한다.

살다 보면 내 주변의 사사로운 죽음뿐 아니라 사회적으로 충격을 주는 죽음을 목도하게 된다. 성수대교 붕괴 사고는 어린 나에게 큰 충격을 주었었다. 나는 아직도 커브 도는 버스, 고가다리 따위가 무섭다. 그런데 슬픈 일들은 계속 일어나고 있다. 그때마다 '못다 핀 꽃 한 송이'란 가사가 사무친다. 모든 죽음이 추모받아 마땅하지만, 도저히 믿기지 않은 죽음 앞에서는 누군가의 못다 핀 꽃이 더더욱 아프게 다가올 수밖에 없다.

이 곡의 발표 당시인 1983년에는 알려지지 않았으나, 훗날 김수철이 밝힌 바에 따르면, 〈못다 핀 꽃 한 송이〉는 5·18 광주민주화운동의 희생자를 기리는 곡이라 한다. 아마 시대 분위기상 대놓고 주제를 이야기하지 못했음이다.

나는 이 노래의 1984년 라이브 버전을 좋아한다. 라이브 영상에서 김수철은 특유의 더벅머리에 꺼벙한 안경을 쓰고 등장한다. 그런데 옷은 나비넥타이에 양복이다. 김수철의 목소리도 그와 비슷한 면이 있다. 서로 어울리지 않는 것이 충돌한다. 힙한 것 같다가도, 고전적으로 느껴지기도 한다. 카랑카랑하다가도 아주 허스키하다. 〈못다 핀 꽃 한 송이〉에는 특히 허스키한 부분이 두드러지면서 한층 구슬프게 들린다.

가요대상 따위의 큰 무대에서 이 노래를 부를 수 있었던 것은 아마 본래 의미를 숨겼기 때문에 가능한 일이었을 것이다. 개인의 마음을 담은 추모라고 하더라도 혹자에겐 그것이 정치적 의미로 받아들여질 수 있으니까.

사람은 모두 살아있는 존재로서 죽은 이들을 추모할 자유가 있다. 그래도 거대한 본 의미에 곡이 묻혀버리는 것 또한 아까우니, 조금 숨기는 것도 나쁘지 않으리라.

예술가는 자기의 방식으로 추모를 하고 그 추모의 기록이 이렇게 노래로 남아 지금껏 불린다. 그리고 그 노래를 따라 부르며 일상 속에서 추모는 이어지고, 성공적인 추모 끝에 우리는 우리로서 삶을 살아간다.

*

방탄소년단의 히트곡 〈봄날〉 또한 봄이 되면 떠오르는 노래 중 하나이다. 방탄소년단은 워낙 히트곡이 많지만, 〈봄날〉은 발표된 2017년 이후 거의 내내

음원 차트 100위 안에 들어있는 곡이므로, 책으로 비유하자면, 스테디셀러라 불릴 만하다. 이 노래도 일견 사랑 노래로 들린다. 떠나간 친구, 혹은 연인 때문에 여름이든 겨울이든 눈이 오는 계절인 것처럼 느껴진다는 화자가, 봄날을 그리워하는 내용이다.

방탄소년단의 노래가 늘 그렇듯, 이 노래도 뮤직비디오에 다채로운 이미지가 담겨 있다. 이 노래가 세월호 침몰 사고를 추모하는 내용이라는 이야기가 많았다. 노래 가사도 그렇지만, 뮤직비디오에 등장하는 이미지가 워낙 강한 탓이다. 가령, 슈가의 파트에는 유류물로 추정되는 옷의 더미가 등장한다. 그 위에서 랩을 하는 모습은 극의 한 장면처럼 느껴진다. 이 옷더미가 설치 미술처럼 아름답게 보이기도 한다. 그러나 그와 별개로, 이처럼 많은 유류품이 발생했다는 데에서, 우리가 한꺼번에 많은 사람을 잃어버려야 했던 기억이 떠오르는 것이다.

그러나 방탄소년단 측은 이 노래를 정확히 어떤 의미로 규정짓지 않았고, 그저 청자에게 해석을 맡긴

단 말을 전했다. 그것은 영리한 발언이라고 생각한다. 예술작품은 정확한 뜻으로 전달되는 것도 중요하지만, 다양한 여지를 남기는 것 또한 중요하다. 그런 면에서 모든 예술작품엔 시가 깃들어 있다고, 옥타비아 파스 등의 시인들이 이야기한 것이 아닐까.

아무튼, 내 주변엔 〈봄날〉 덕에 방탄소년단의 팬이 되었다고 말하는 (아주 까마득한) 언니들이 많다. 가슴에 맺힌 무엇인가를 해소시켜주었다고 말하는 언니들을 보며 새삼 대중가요의 힘을 느꼈다.

⁂

비록 대중가요 같은 파급력을 지니진 못했으나, 나는 늘 추모에 열중하고 있다. 약하고 어리석고 잘 이입하기 때문인데, 아마 나는 죽을 나 자신을 미리부터 가여워하는 것이리라. 그러니까 어느 사소한 죽음이든, 누군가 이야기해주고 슬퍼해준다고 생각하면 '죽을 나'가 미리부터 위로받는 기분이다.

슬프고 아픈 이야기를 부담스러워하는 사람도

많다는 것은 알지만, 역으로 그로 인해 위로받는 사람도 많다. 그것은 작품을 접하는 대중뿐 아니라 창작자 또한 그렇다. 추모를 통해 가슴속에 맺힌 한 같은 것을 해소할 수 있을 것이다. 그러므로 누군가의 슬픈 죽음을 애도하는 작품은 계속 창작될 것이고 대중들이 그것을 소중히 받아 들 것이다.

나로 말하자면, 마냥 가라앉은 마음이 아닌, 마실 다녀온 어느 봄날에 따뜻한 봄볕을 받으며 슬픈 노래를 흥얼거리는 것으로, 훗날 세상을 떠날 자신을 위한 푸닥거리를 또 한차례 마친 셈이다.

/ 〈기동전사 Z 건담〉 /

카미유 비단과 권민경의 마음에 관한 이야기

카미유 비단을 처음 알게 된 것은 병을 앓을 무렵이었다.

내 병은 곤란한 종류의 것이었다. 일단 좁은 공간이 무서웠고 어둠이 무서웠다. 깜깜하고 좁은 곳에 홀로 있는 것은 최악의 상황이었다. 가장 불편한 것은 화장실에 가는 일이었다. 나는 화장실 문을 활짝 열고 볼일을 보았다. 집 밖에서 화장실 갈 생각은 할 수도 없었다. 나는 내가 폐쇄공포증에 걸렸다고 생각했다.

내가 내 병에 대해 말할 수 있는 유일한 상대는 당시 남자친구였던 효였다. 효는 내 상태를 듣더니 걱정스러워했다.

효는 나의 외출과 귀가를 도왔다. 예전 같으면

고양이라도 마주칠까 기꺼워하던—길고양이들이 주로 머무는—아파트 1층 베란다 밑 움푹 들어간 공간은 낮에도 그늘져 있었지만 밤엔 더욱 시커메 보였다. 나는 그곳을 지나칠 엄두가 나지 않았다. 효는 나를 에스코트해주고, 엘리베이터도 같이 타 주었다.

그런 효였으므로 나는 모든 사실을 실토할 수밖에 없었다.

"나, 조금 놀란 걸지도 몰라."

"조금이 아닌 거 같은데."

"그런데 이런 일에 놀랐다고 말하는 게 부끄러워."

"뭔데?"

"나, 자기 전에 위키백과 보는 게 취미잖아. 2차 대전에 대한 내용을 읽다가 그만 충격을 받아서 말이야."

"전쟁?"

"응. 정말 기기묘묘한 일들이 다 있어서, 그냥 죽이고 죽고 그러는 게 아니라 엽기적인 일들이 너무 많은 거야."

"어떤?"

"예를 들자면, 정글 속을 헤쳐 나가던 일본 놈들이 거대한 악어 떼한테 잡아먹힌 일이라든지……."

"별일이네."

"응. 정말 웃기지도 않아. 악어들이 일본 놈들 잡으러 연합군으로 참전한 거라고 비웃는 댓글을 봤는데 정말 웃겼어."

"그런데?"

"웃고 나서 너무 미안했어. 그 일본 놈들 말이야. 나쁜 놈들은 맞는데, 사람이었으니까. 어린 병사들도 많았을 텐데 악어한테 잡아 뜯기면서 얼마나 아팠을까, 무섭고. 나는 걔네들이 가소로우면서도 한편으론 너무 가엽고 또 끔찍스럽고 해서, 그냥 일종의…… 멘붕이랄까, 뭐 그런 상태가 된 거야."

"아노민가."

"전쟁에 관련된 페이지를 보다 보면 끔찍한 일들이 너무 많은데, 나는 읽는 걸 멈출 수가 없는 거야. 너무 무섭고 두려운데 자꾸 보게 된 거야."

"역시 유해 매체는 잘 단속해야 하나?"

효는 전혀 감정을 싣지 않은 채 말했다. 효야 늘

그랬다. 그런데도 나는 발끈했다.

"그런 소리나 할 때가 아니잖아."

효가 서둘러 물었다.

"그래서 결론은?"

"아무튼 나는 죽은 사람들에게 너무 감정을 이입했어. 사실 죽어가는 사람들이 다 고통스럽고 무섭지는 않았을 텐데, 내가 직접 그 현장에 있었던 것이 아니기 때문에 어느 정도 고통인지 알 수가 없잖아. 그 무서움을 가늠하다 보니 마치 내가 거기 있었던 것처럼 여겨진 거야. 남의 일 같지 않고 내가 아픈 것처럼 느껴졌어. 나는 줄곧 습한 정글 어느 곳에 있는 것처럼…… 아니면 더러운 참호 속에 있는 것처럼 느껴져서……."

"남의 일을 자기 일인 것처럼 착각하는 건가?"

"그런 건가 봐. 그런데 값싼 동정심에서 비롯된 감정인 것 같아서, 그것도 너무 슬퍼."

효는 얼마간 가만히 있었다. 내가 하는 말을 이해하려고 하는 건지, 아니면 딴생각에 잠긴 건지 알 수가 없었다. 벽에 대고 말하는 건가, 하고 한숨을 쉬려는데 효가 입을 열었다.

"님은 뉴타입이랑 비슷한데."

"그게 뭔데?"

효는 뉴타입에 대해 설명했다. 뉴타입은 건담이라는 로봇 시리즈물에 나오는 하나의 개념이었다. 뉴타입은 사람의 마음을 읽거나 예감이 발달된 종류의 인간이라고 했다. 남의 감정에 반응하며 남의 고통까지 생생하게 느낄 수 있다는 것이었다. 나는 효의 말에 홍미를 느꼈다. 그래서 건담을 시청하게 이르렀다.

처음에는 꺼려졌다. 건담의 주 내용이 전쟁에 관한 것이었기 때문이었다. 그러나 막상 건담을 보니 그렇게 괴로운 내용은 아니었다.

*

어린 시절, 나는 쉽게 놀라는 아이였다. 그게 뉴타입과 관련이 있는지는 모르겠지만 어쨌든 나는 튼튼한 신경줄을 갖고 있지 못했다. 어린 나는 위인전을 읽고도 곧잘 쇼크에 빠지곤 했다.

'위인들은 왜 다 죽은 거야. 게다가 편하게 죽은

사람이 없잖아.'

어른들은 어린이가 위인전을 읽으며 어떤 교훈을 얻길 바랐겠지만 나는 그런 것보다 위인들이 어떻게 죽었고 어떤 고난을 당했는지가 더 신경 쓰였다.

그런 나에게 유치원 때 있었던 임진각 견학은 충격적인 사건 중 하나였다.

임진각 주변은 스산했다. 이상한 소리도 계속 들려오는 것 같았다. 나는 온몸의 신경을 곤두세우고 일행과 떨어지지 않으려 노력했다. 가뜩이나 과민한 상태의 나를 기다리고 있었던 것은 참혹한 풍경이었다.

그곳에는 이승복 어린이가 인민군의 돌에 맞아 죽는 장면이 재현되어 있었다. 피 흘리는 밀랍 인형이 꽤 생동감 넘쳤다.

견학을 다녀온 후, 나는 며칠 잠을 이루지 못했다. 엄마는 감정이 무딘 사람이었으므로 내가 겪은 일에 대해 일일이 설명할 수도 없었다. 나는 홀로 이상한 기분에 휩싸였다. 열이 오르는 것 같기도 하고 몸속의 온기가 쑥 빠져버리는 것 같기도 했다.

나로선 이승복 어린이를 죽인 인민군보다 그 인

형을 설치한 사람이 더 무서웠다.

"옛날 어린이에겐 호환, 마마, 전쟁 등이 가장 무서운 재앙이었으나 현대의 어린이들은 무분별한 불법 비디오를 시청함으로써 비행 청소년이 되는 무서운 결과를 초래하게 됩니다."

'이 캠페인은 거짓말이잖아. 현대 어린이에게도 전쟁은 무섭고, 그것보다 무서운 건 사람 죽이는 걸 마구 전시해놓는 어른들이야.'

나는 비행 청소년은 되지 않았지만 세상엔 임진각 빰치게 무서운 일들이, 무서운 사람들이 넘쳐 난다는 걸 알아버렸다. 뉴타입이라는 이상한 인류가 있다는 것도 알아버렸다. 더불어 식인 악어에 대해서도.

*

건담에는 여러 명의 뉴타입이 등장하는데 제타 건담의 주인공 카미유 비단도 뉴타입이었다.

제타 건담을 본 날 밤, 나는 효와 편의점에 갔

다. 컵라면 용기를 들고 조심스럽게 걸어오는 효에게 나는 말했다.

"효. 이번엔 주인공을 좋아할 수 있을 것 같아."

나는 어쩐지, 만화책이든 드라마든 그 속에 나오는 주인공을 좋아해본 적이 거의 없었다. 내가 좋아하는 인물들은 늘 조연이었다. 그러므로 내가 카미유 비단이 마음에 든 것은 하나의 사건이었다.

"건담이 재미있다니 다행이네."

효는 내가 왜 카미유를 좋아하는지, 아니면 주인공을 좋아하는 것이 나에게 얼마나 큰 사건인지 궁금해하지 않았다. 다만 컵라면이 익기만 기다릴 뿐이었다.

그러나 나에겐 무신경한 효를 탓할 자격이 없었다. 무심하다고 하기엔 효는 나를 위해 차도 끊긴 시간에 한 시간 반을 걸어 우리 집 앞으로 와주었던 것이다. 늦은 시간에 내가 갑자기 컵라면이 먹고 싶어졌기 때문이었다.

남들에게 이야기한다면 뭐 이런 공주병 같은 꾀병이 다 있느냐 할지 모르겠지만, 나는 당시 진심으로 어둠과 관련된 것이 무서웠다. 평소 의존적인 여성에 대해 비웃곤 했기 때문에 나는 내 상황이 더더욱 '좆같다고' 생각했다. 세상은 넓으니 좆같다란 말을 사용하는 공주가 있을지도 모르지만 적어도 꾀병은 아니라고 말하고 싶다.

*

제타 건담은 다소 어이없는 사건으로 시작된다. 티탄즈의 장교 제라드가 무심코 카미유의 이름을 여자 같다고 말하는데 불같은 성격의 고딩 카미유가 겁도 없이 제라드에게 달려든 것이다. 그저 소동으로 끝날 문제였지만 일은 점점 커지고 결국 카미유는 로봇을 탈취해 도망가기에 이른다. 얼마 전에 초등학생이 자동차를 탈취해서 질주했다는 기사를 본 적 있는데 카미유의 패기는 그와 맞먹을 정도로 어이가 없는 것이지만 스케일은 비교가 되지 않았다. 카미유는 그 길로 우주 전쟁에 참전한다. 어쨌든 남의 이름 가지고 함부로 놀릴 것이 못 된다는 교훈을 주는 사건이다.

불같은 성격과 자존심이, 아직 사춘기 소년일 뿐

인 카미유의 단점이라고 생각하지 않는다. 그 나이의 어린아이에게 어른다운 침착함과 관용을 바라는 게 오히려 무리일 테니까. 전쟁은 아이를 억지로 성장시키지만 카미유의 본래 기질까지 바꿔놓진 못했던 것이다.

하지만 사춘기 때의 나는 전시도 아닌데 성질을 부렸고 자존심이 강했다. 나는 뭔가 혼자만의 전쟁 중이었던 모양이다.

사춘기의 난 아이돌 가수를 좋아하는 반 친구들을 비웃었고 어른처럼 무게 잡고 가끔 어려운 이야기를 던지고, 일본어와 한자어를 섞어 말하는 아이였다. 친구들은 착한 아이들이었기 때문에 아무도 나를 면박 주지 않았다.

만약 그때 누군가 "너는 왜 그 모양으로 사니"라고 말했다 한들, 아무런 도움이 되지 못했을 것이다. '그것은 자존심과 불같은 성질만 남은 나에게 역효과를 낳았을 것이며 "네 이름이 여자 같다"라는 말만큼 큰 파장을 낳았을 것이며 거대한 나비효과로 이 세상을 전쟁의 소용돌이로 몰아갔을지도, 모른다'는 사실일 리가 없지. 지금은 우주 전쟁 중도 아니고 나는 카미유 비단도 아니니 말이다. 다만 나는 좀 더 어둡고 신경질적이 되었을 것이며 누군가 저주하고 다녔을지도 모른다. 그때의 나라면 충분히 그럴 만하다.

*

이렇게 애정을 갖고 지켜보았던 제타 건담은 50화에 이르러 충격적인 결말을 맞는다. 카미유는 최후의 결전을 한다. 그 상대인 팝티머스 시로코도 뉴타입이었다. 카미유의 공격에 비참한 죽음을 맞게 된 팝티머스 시로코는 마지막 힘을 짜내 저주 같은 원념을 퍼붓는다. 그 때문에 카미유가 미쳐버린 것이다.

망망한 우주에서 헛소리를 하는 주인공의 모습을 비추며 끝나는 소년 애니메이션이라니. 충격이 아닐 수 없었다. 하지만 그만큼 납득 간 것도 사실이었다. 뉴타입이란 한낱 설정일 뿐이지만, 이 같은 인간이 실재한다면 정신 공격을 받지 않아도 충분히 망가질 수 있다. 전시 상황은 원래 그렇지 않은가. 얼마나 많은 군인이 PTSD에 시달렸던가. 내가 2차 대전 항목을 읽고 겪었던 일련의 현상을 PTSD라고 한다면, 실제 전쟁을 겪었던 사람들은 분명 그보다 더 심한 후유증에 시달렸을 것이다.

물론 나는 카미유처럼 미치지 않았다. 그와 나는 앓고 있는 병이 다르다. 그리고 아무리 좋게 봐준다 해도, 기계 조작이나 전투에 젬병인 내가 뉴타입일 리는 없다.

다만 한동안 어둠을 무서워하는 병에 걸렸으므로 나는 뉴타입에 대해 알게 되었고, 카미유에 대해 생각했다. 병은 고통스러운 것임이 분명하지만 회복 후의 환자는 그 이전과는 다른 사람으로 다시 살아간다. 감기든 뭐든, 크게 앓고 나면 나와 가장 가까운 존재인 나에 대해서 다시금 의식하게 되는 것이다. 여자인 나. 파란색이나 분홍색보다 보라색을 선호하는 나. 주인공보단 주변인을 좋아하는 나.

우리는 고통을 받으며 비로소 자신에 대해 생각

하지만, 어떤 사람들은 회복 후에 다시 천천히 자신에 대한 감각을 잊는다. 자신에 대해 생각하지 않고 살아간다. 나의 경우, 그러니까 회복 후의 나는, 자꾸 더 '나'에 대해 생각했다.

그리고 결국 나에 대해 말하다 '시인'이라는 게 되었다.

삶의 어두운 이면에 대해 생각하는 것은 고통스러운 일이지만, 결국 그곳에서 나는 나를 들여다볼 수 있었다. 2차 대전이 슬프지 않고, 제타 건담의 카미유가 행복하게 살았다면 나는 그에 대해 이토록 집착하지 않았을 것이다.

내 PTSD는 시간이 지나며 절로 치유되었지만 어쨌든 제타 건담의 새드엔딩은 나와 함께 고통스러운 시기를 넘겨주었다. 우리의 정신은 언제든 무너질 수 있다. 하지만 이는 인간이기에 사실 당연한 일이다. 시인도 뉴타입도 모두 인간이다. 나에게도 너에게도, 쉽게 상처받을 수 있는 '인간'의 마음이 있다는 것을, 새드엔딩 속에서 실감하게 되는 것이다.

/ ‘슬램덩크’ /

꽃잎
흩날리는 길

때는 1994년. MBC에선 〈마지막 승부〉가 방영되었다. 같은 시기, 나는 '농구대잔치'를 보며 고려대 농구부를 응원했다. 당시 나는 2013년 방영된 드라마 〈응답하라 1994〉의 주인공과 별다르지 않은 모습으로 살고 있었다. 다만 나만의 '응답하라 1994'에는 농구 열풍을 선도했던 만화 '슬램덩크' 또한 빼놓을 수 없는 중요한 한 축을 이루고 있다.

*

새드엔딩에 대한 글을 쓰기로 하고 내가 제일 먼저 한 일은, 새드엔딩 목록을 만드는 것이었다. 그리고 코로나 시기를 거쳐 한참 새드엔딩에 대해 써 가는 동안에 '슬램덩크'의 새로운 극장판 애니메이션이 개봉하였다. 거기엔 내가 알고 있던 원작 '슬램덩크'의 이야기에서 몇 가지가 더 덧붙여져 있었다. 나는 기존에 기록해두었던 새드엔딩으로서의 '슬램덩크'를 어떻게 고쳐야 하는지 고민했다. 그러다 친구에게 이야기하는 것처럼, 내가 생각하는 '슬램덩크'를 풀어보자 마음먹었다.

*

내가 '슬램덩크'를 처음 알게 된 것은 지금으로부터 29년(!) 전인 초등학교 6학년 때였다. 하굣길에 친구 김지은이 나에게 물었다.

"너 '슬램덩크' 봤어?"

나는 그때 '슬램덩크'라는 말 자체를 처음 들었지만, 어쩐지 아는 척하고 싶어서 그냥 "으응" 하고 얼버무렸다.

"난 양호열이 제일 좋더라."

그 양호열이 대체 누구인가 궁금해진 나는 '슬램덩크'를 보기 시작했다. 그 후론 차곡차곡 책을 사 모았다. 내용이 재미있었고 양호열이 멋있었기 때문이다.

그 후에 PC통신에서 '슬램덩크' 소설을 읽었던 기억이 난다. 그것이 내 최초의 동인 활동†의 시작이었다.

*

유행이 돌고 돈다는 말을 실감하는 요즘이다. 2023년 초봄, '슬램덩크'의 인기는 믿기지 않을 정도이다. 약 30년 전의 나에게 2023년에 '슬램덩크'가 너무 인기가 많아서 그에 대한 행사가 줄을 이을 거라고 말하면 과연 믿을 수 있을까. 서태웅, 윤대협보다 송태섭, 이명헌이 더 인기 있고, 그럼에도 불구하고 정대만은 남녀 불문 여전히 인기 있을 거라는 사실을 과거의 나에게 납득시킬 자신이 없다.

30년이란 세월이 당최 어디로 흘러갔는진 모르

† 좁게 말해, 만화, 애니메이션, 게임 등의 서브컬처에 대한 2차 창작을 하는 행위. 패러디 소설을 생각하면 이해가 쉽다.

겠으나 어쨌든 잃어버린 전생의 인연을 만난 양 반갑다.

*

1990년 중반, 당시에는 지금의 SNS나 유튜브처럼 정보를 쉽게 얻을 수 있는 매체가 별로 없었다. 그 때문에 '슬램덩크'도 연재 중에 이런저런 괴소문에 시달렸다. '슬램덩크'는 일본 잡지에 먼저 연재되고, 그 후 번역되어 한국 잡지에 실렸다. 그런 차에 일본에서 연재되던 내용이 학생들 사이에 퍼졌는데, 직접 전달받은 정보가 아니라 몇 다리 건너오는 내용이어서 그런지, 종종 왜곡되어 있었다.

주인공 중 하나인 서태웅이 죽는다는 소문도 그 중 하나였다. 무려 졸면서 자전거를 타고 가다가 사망한다는 것이었는데, 지금 생각하면 다른 인물에 관한 내용이 잘못 전달된 것이었다. 게다가 졸다가 죽는다니 황당하기 그지없는 내용이었다. 그러나 한국판이 정식 발매되기 전까지, 그 내용이 사실일까 봐 조마조마했던 기억이 난다.

천만다행으로, 한 명의 낙오도 없이 '슬램덩크'는 1996년 31권을 끝으로 완결되었다.

*

그럼에도 나는 '슬램덩크'를 떠올리면 늘 아쉬웠다. 연재에 지친 작가가 이야기를 급하게 끝냈다는 썰 때문일 수도 있고, 아마도 그런 작가 사정으로 파격적일 수밖에 없었던 전국 대회의 결말 때문일 수도 있다.

시합 중 부상을 당한 주인공 강백호가 재활하는 모습이 이 만화의 마지막 장면인데, 나는 그것에도 뭔가 갑갑함을 느꼈다. 완결 이후의 모습을 그린 원작자의 번외 스케치 등을 바탕으로 강백호는 아마 재활에 성공했으리라 여겨지긴 한다. 물론 그 스케치를 모르는 독자들도 강백호가 다시 코트로 돌아오리라 믿었을 테지만, 나에겐 이 이야기가 영영 슬프게 끝날 거라는 석연찮음이 남았던 것이다.

지금 생각하면 '겨우' 고등학교 1학년 소년이었

던 강백호의 멈춤은, 그의 남은 인생으로 보면 웃고 지나갈 만한 가벼운 에피소드일지도 모른다. 하지만 무엇인가에 대해 뜨겁게 열망했던 감각은 가볍지만 않다.

누구나 꽃 피는 봄 같은 시절이 있다. 그리고 그 봄이 무척 짧다는 것도 안다. 그렇기에 젊은 시절, 행복한 찰나에 대해 생각하면 괜스레 애틋해지는 것이다.

*

4월 30일 / 권민경

벗어 놓은 나 인사해 온다
안녕? 안녕해?
어때 보이니?
질문은 우리를 쓸데없는 공간으로 몬다
코너
짜부라지는 곳
지난날이 규칙적으로 지는 꽃잎처럼

그럴 때 있잖아 갑자기 분위기 싸해지고

왜, 귀신이 지나간다고 표현하는 순간

나는 나를 쳐다본다

그렇지 우린 학창 시절처럼

괴담에 밤을 새우지 담벼락에 걸터앉아

귀신 이야기하는 귀신으로 오해받고

머쓱함, 유쾌함이 범벅돼 웃지 슬픈 얼굴

미안 미안해요 자정의 교정 연극과 여학생

학교 터는 음기가 강하다

밤에 있을 곳이 못 되는데 자꾸

민통선을 넘나드는 여자

벗어 놓은 이야기는 아직 담벼락에

그러니까 지나간 우리

미안해

알던 사람처럼 느껴져서

못했던 사과를

가슴을 죄던 열망 멍청함과 솔직함

미숙한 주제 눈치는 빨라서

내가 벗을 나

였던 직전의 나

그런 것을 예감했다

귀신의 영역이라 생각하지 않고

지금 어디야?

네가 있는 곳

햇살, 악수, 핏줄이 비치는 손등,

비문증

휘몰아치네

꽃잎?

이야기-

쫓는다

그걸 잡으면

사랑을 이룬다는 미신

초자연적으로

사라지는 직전의 나들

껴안고 싶다

거기 없어서 정말

먄[†]

내게도 나의 '영광의 시절'이라 부를만한 시기가 있었고 그때를 생각하면 봄날의 교정 따위가 떠오른다. 그다지 행복했던 기억이 없었기에, 역으로 지금이 생애에서 가장 행복한 시기라는 것을 직감했던 어느 봄날의 풍경. 꽃잎이 흩날리는 밤. 그때의 기억을 시로 적어 '4월 30일'이라는 제목을 붙였다.

*

강백호의 일본 이름은 사쿠라기 하나미치(桜木花道)이다. 한자 그대로 벚나무 꽃길 정도로 해석될 수 있겠다. 또한 가부키 배우가 퇴장하는 길의 이름 또한 하나미치이다. 그래서 사쿠라기 하나미치란 이름이 찰나에 꽃을 피우고 화려하게 퇴장하는 강백호의 선수 생활을 의미한다고 해석하는 사람도 있다. 하지

† 《꿈을 꾸지 않기로 했고 그렇게 되었다》(민음사, 2022)

만 이는 원작자의 의도를 뛰어넘은 '초월 해석'인 것 같다. 작가는 그저 소년만화 주인공다운 개성적인 이름을 찾고 있었던 게 아닐까.

물론 어떤 게 진실인지, 크게 개의치 않는 것도 사실이다. '슬램덩크'라는 작품이 이미 하나의 큰 이미지가 되었으므로, 그것을 해석하고 연구하는 것은 이미 우리 독자의 자유라고 생각하기 때문이다.

그러나 해석의 여지가 다분하기에, '슬램덩크'의 엔딩에는 늘 일말의 불안이 존재한다. 서태웅이 죽어버린다는 뜬소문처럼 정말 강백호가 영영 코트로 돌아오지 못할 거라는 불안 말이다. 그리고 그것이 이 작품을 더 매력적으로 만든다. 꽉 닫힌 해피엔딩과 달리 여러 상념을 품을 수 있기에 이 슬픈 작품은 내 안에서 아직 끝나지 않은 것이다.

*

그리하여 우리 삶도, '슬램덩크'의 이야기도 아직 끝나지 않았다. 나는 내 첫사랑 같은 이 만화에서 어떤 은유를 찾아낸다.

누구에게나 영광의 시절이 있다. 영광의 순간은 찰나처럼 지나가지만, 또 다른 영광의 시절이 찾아올 수 있다. 30년의 세월을 거슬러 다시 열광적인 사랑을 받는 '슬램덩크'처럼.

그런 것을 생각하면, 삶이라는 불안도 견딜 수 있을 것 같다. 내게 꽃잎 지는 '4월 30일'이 다시 돌아올 테니 말이다.

/ 〈더 라스트 가디언〉 /

눈물은
알고 있다

SIE 재팬 스튜디오의 〈더 라스트 가디언〉은 대중적으로 유명한 게임은 아니다. 마니아층이 있는 〈이코〉, 〈완다의 거상〉의 후속 작품으로 주목받은 작품이긴 했지만, 이 게임을 알고 있다고 말하는 사람은 드물 것이다. 나도 사실 자주 제목을 헛갈린다. 등장하는 동물의 이름을 따서 제목 대신 부르기 때문이다.

이 게임은 한 소년과 거대한 동물의 모험을 그리고 있다. 갇혀있던 동물 '토리코'의 사슬을 소년이 풀어주면서 이야기가 시작된다. 토리코는 가상의 동물인 만큼 생김새가 특이하다. 한국 시골 개처럼 주둥이가 검은, 개의 얼굴에 날개를 달고 있다. 혹자는 그래서 토리코를 '개새'라고 부른다.

플레이어들은 '소년'이 되어 이 하늘을 나는 개 토리코를 데리고 다닌다. 등에 타고 함께 날거나 헤엄치기도 한다. 그런데 그때마다 일일이 토리코를 지시해야 하는데 이때의 조작감이 악명이 높다. 실재감을 주기 위해선지, 초반엔 토리코와의 합이 최악이다. 토리코가 소년이 오라 할 때 오지 않고 한참 후에나 오는 식이다. 모험을 이어갈수록 토리코와 소년의 마음이 점점 맞아가고 더불어 조작도 쉬워진다.

그런데 토리코는 애초에 사람들이 꺼리던 야수였다. 어떤 조종을 받아 사람을 잡아먹는 식인 동물이었다. 소년이 구해준 덕에 조종에서 벗어났던 것. 이야기의 끝에 토리코는 위기에 처한 소년을 지키려다 큰 부상을 입는다. 토리코는 힘들게 소년을 데리고 소년의 마을로 가는데 마을 사람들은 토리코에게 창을 겨눈다. 결국 토리코는 소년을 내려놓고 사라지는데, 그 후 죽었는지 살았는지는 알 수 없다. 다만 과거를 회상하던 주인공의 "심한 상처를 입은 토리코가 오래 살지는 못했을 거다"라는 대사가 슬픈 최후를 암시하고 있긴 하다.

토리코와 같이 정신 지배에서 벗어난 동물이 한 마리 더 있었는데, 그와 토리코의 새끼로 '추정'되는 동물의 눈을 보여주며 게임은 끝이 난다.

토리코는 살았을까, 죽었을까. 그것을 상상하는 것만으로 나의 눈물 버튼이 눌린다. 아이와 동물을 괴롭히는 것은 보고 있기가 힘든데, 그건 가상의 동물도 마찬가지인지 나는 토리코의 수난을 생각하면 눈물이 줄줄 나다 못해 오열하는 것이다. (물론 주변 사람들은 잘 이해를 못 했다.)

어렵게 친해진 괴물이 사람을 지키고 죽어간다는 서사는 클리셰이다. 이 게임도 서서히 친밀도를 높이기 때문에 플레이어와 토리코 사이에 더 깊은 정이 든다. 제작진은 플레이어와 토리코가 겨우 진짜 친구가 됐구나 싶을 때 토리코를 죽음으로 몬다. 게임에 몰입한 플레이어의 마음을 갖고 노는 것 같아서 한편으로 기분 나쁘지만 울지 않을 수 없다. (서서히 스며들어 간다는 것은 이렇게나 무섭다.)

토리코가 살아있길 바라지만 또 한편은 높은 확률로 토리코가 죽었을 거라는 걸 안다. 감성과 이성을 한자리에 놓고 나는 어리석게 눈물이나 흘리는 거다.

하지만 이런 '눈물 바람'에도 불구하고 나는 이 게임의 결말을 오랫동안 곱씹는다. 슬픈 결말이 눈물만을 남겼다면 그것은 신파일 것이다. 이 게임이 오래 남는 까닭은 건전하고 어리석은 희망을 갖게 하기 때문이다. 모두가 서로를 위해 희생하는 것이 아니라, 서로를 위해 살면 안 될까. 인간 때문에 죽어가는 동물은 더는 없으면 안 될까. 그런 순진한 생각을 하는 것, 그리고 그런 희망으로 나를 바꿔 가는 것, 그런 것이 새드엔딩이 지닌 힘일 것이다. 더 이상 슬퍼지지 않기 위해 슬픔을 즐긴다는 것은 아이러니하지만 말이다.

봄엔
헤어지지 말자

음력 정월을 앞두고 있다. 진짜 새해가 시작되는 것을 기다리는 사람은 많은 포부를 품고 있으리라. 어쩌면 양력 1월 1일에 세워놓고 지키지 못한 계획을 다시 지키려 할지도 모른다.

뭔가 한 번의 기회를 더 주는 것처럼, 너그러운 배려를 받은 기분이다.

친구가 사주를 공부하는 걸 보고 관심이 생겨 명리학을 기웃거린 게 근 15년쯤 전이다. 명리학에선 음력 1월 1일이 아니라 입춘이 되어서야 새로 한 해가 시작한다고 말한다. 새해가 봄의 시작과 함께한다니 어쩐지 조금 더 기다려지는 기분이다.

봄은 이상한 계절이다. 일조량도 늘고 날씨도 따뜻해져 활동하기 좋은데 묘하게 기분이 멜랑꼴리해진다. 뭔가 새로 시작한다는 즐거움과 더불어 시작할 게 있긴 하나란 권태감이 함께 온다. 그런 기분을 멜랑꼴리 말고는 뭐라고 표현할 방법이 없다.

봄에 슬픈 일이 일어나면 더 슬프다. 봄에 병든다면 더 아플 것이다.

허수경의 시 〈不醉不歸(불취불귀)〉도 봄에 일어난 일을 쓰고 있다. 지나간 일이 정확한 사실관계보다 그때의 풍경이나 분위기로만 남는 것처럼, 〈不醉不歸(불취불귀)〉에서의 지난 일들도 어떤 이미지로만 존재한다. '봄그늘 술자리', '햇살' 따위의 분위기로 말이다.

不醉不歸(불취불귀)는 취하지 않으면 돌아가지 못한다는 뜻. 이때 돌아간다는 건 집으로 간다는 뜻이겠지만, 과거로 돌아가지 못한다는 뜻으로 읽어본다.

취하지 못하면 돌아가지 못하는 시간. 마음은 어디로 돌아가지 못하고 그 시간 사이를 헤맨다.

봄, 만물이 살아나고 사람들은 기분이 좋고 밖엔 사람이고 식물이고 강아지이고 가득한데, 나는 내가 데리고 다닐 마음조차 갖지 못해 슬프다. '마음을 보내지 않았'지만 마음은 곁에 없다.

봄, 이 계절에 슬픈 일이 일어나지 않길 바라지만 어떤 형태로건 아픈 일은 일어난다. 막을 수 있는 것도 막을 수 없는 것도 있지만 일어날 일들은 일어날 일들. 사람과 사람이 헤어지고, 그 이별의 고통이 언젠가 익숙해질지 모르지만, 삶은 또 다른 종류의 이별을 마련해둔다. 우리는 모든 고통과 사건에 새로 일어난 일처럼 놀라고 마음을 쓸 것이다. 이별하는 것에 익숙해질 만도 한데, 쉽게 마음을 보내지 못하고 우리는 내내 '봄그늘 아래 얼굴을 묻고' 운다.

그러니까 그 '봄그늘' 아래에서 헤매는 종류의

사람들이 시를 읽고 멜랑꼴리해지는 계절이 봄이리라. '나 마음을 보내지 않았다'는 슬픈 선언. 미련과 회한이 느껴지는 〈不醉不歸(불취불귀)〉를 읽으며 마음껏 슬퍼질 수 있는 따듯한 계절을 기다린다.

不醉不歸(불취불귀) / 허수경

어느 해 봄그늘 술자리였던가
그때 햇살이 쏟아졌던가
와르르 무너지며 햇살 아래 헝클어져 있었던가 아닌가
다만 마음을 놓아보낸 기억은 없다

마음들끼리는 서로 마주보았던가 아니었는가
팔 없이 안을 수 있는 것이 있어
너를 안았던가
너는 경계 없는 봄그늘이었는가

마음은 길을 잃고

저 혼자
몽생취사하길 바랐으나
가는 것이 문제였던가, 그래서
갔던 길마저 헝클어뜨리며 왔는가 마음아

나 마음을 보내지 않았다
더는 취하지 않아
갈 수도 올 수도 없는 길이
날 묶어
더 이상 안녕하기를 원하지도 않았으나
더 이상 안녕하지도 않았다

봄그늘 아래 얼굴을 묻고
나 울었던가
울기를 그만두고 다시 걸었던가
나 마음을 놓아보낸 기억만 없다[†]

† 《혼자 가는 먼 집》(문학과지성사, 1992)

/ 〈고백〉 《H2》 /

영원히 불완전한
고백

지금에야 모두 계좌이체로 이루어진다지만, 예전엔 육성회비 등을 현금으로 학교에 냈다. 초등학생이었던 내겐 몇천 원의 우유 급식비만 해도 큰돈이었다. 그러니 그보다도 단위가 큰 육성회비를 들고 등교할 때는 가슴이 두근거릴 수밖에 없었다. 아니, 액수를 떠나서, 돈을 잃어버리거나 하는 일은 항상 큰일이었다. 가난한 살림에도 엄마는 돈 문제로 나를 혼내지 않았었지만, 그렇다고 실수를 한 측에서 맘 편히 사실을 알릴 수 있는 것은 아니었다. 그러니까 고백이라 할 때 내가 가장 먼저 떠올리는 것은 그야말로 살 떨리는 죄상의 토로이다. 살면서 계속 그런 고백들이 이어졌다. 누구나 잘못을 하고, 그 잘못을 어렵게 고백하는 과정을 겪으며 성장한 게 아닐까.

고해성사는 고백성사라고도 불린다. 고해라는 것엔 사실을 솔직하게 알리는 것이 선행되어야 하기 때문이리라. 고백 이후에야 죄의 용서가 가능한 것이다. 말하지 않는다면 그건 영원히 자신의 짐으로 남겨진다.

은밀하거나 죄스러운 일을 드러내는 고백 외에도 우리가 흔히 생각할 수 있는 고백은 사랑 고백이다. 대중가요의 제목이 '고백'이라면 아마 흔히 '러브송'을 떠올릴 것이다. 델리스파이스의 노래 〈고백〉은 일종의 러브송이 맞긴 하지만, 일반적인 사랑 고백은 아니다. 오히려 상대에게 너와 함께 있어도 "다른 누구를 생각했"다고 말하는, 어쩌면 잘못을 고하는 형식의 노래이다.

〈고백〉은 참 신기한 노래이다. 물론 델리스파이스의 다른 대표곡 〈챠우챠우〉 또한 신기한 노래이기도 했다. 〈챠우챠우〉의 가사는 "너의 목소리가 들려

// 아무리 애를 쓰고 막아보려 하는데도" 뿐이다. 그 가사가 노래가 끝날 때까지 반복된다. 같은 말이 계속 반복되니 주술 같기도 해서 듣다 보면 정신이 멍해진다. 최근 서브컬처에서 유행하는 백룸[†]에 갇힌 느낌이랄까. 〈챠우챠우〉가 이상하지만 텅 빈 세계로 나를 이끈다면 〈고백〉은 이상하지만 꽉 찬 세계로 이끈다. 이 노래는 익숙해지지 않는다. 처음엔 감동하며 듣던 노래도 계속 듣다 보면 담담해지기 마련인데, 〈고백〉은 들을 때마다 가슴이 꽉 차고 저미는 느낌을 받는 것이 참 신기하다.

〈고백〉은 해석의 여지가 풍부하다. 아다치 미츠루의 만화 《H2》가 이 노래의 모티프이다. 아다치 미츠루의 만화가 으레 그러하듯 《H2》도 담담한 듯하면서 감성적이고, 밍밍한 듯하면서 짜릿하다. 이런 다층적인 느낌 덕분에 더 오래 기억에 남는 만화

† Backrooms, 등장인물이 이공간(異空間)에 갇히는 설정의 괴담. 비슷한 배경이 계속 반복된다.

이다. 청춘, 스포츠, 첫사랑 등이 어우러져 그야말로 '여름이었다' 싶은 느낌. 그러니까 〈고백〉은 기본적으로 그런 복잡한 청춘의 느낌을 내포하고 있다. 특히 《H2》의 등장인물 간의 3각, 혹은 4각 관계가 이 노래의 주요 소재이므로 다중 화자가 등장한다. 한 노래에 여성, 남성 화자가 모두 등장하고 등장인물도 여러 명인 듯하다. 그런데 보컬은 한 사람이다. 이게 흔치 않은 경우라, 이 노래가 퀴어 소재의 곡인지 아닌지 친구들과 논의한 적도 있을 정도이다. (한 노래에 화자가 둘 이상 등장하는 것은 푸른하늘의 〈자아도취〉도 마찬가지이지만 〈자아도취〉는 화자가 세 명인 만큼 보컬이 세 명이다.)

이 노래의 첫 구절은 "중2 때까진 늘 첫째 줄에 겨우 160이 됐을 무렵 쓸만한 녀석들은 모두 다 이미 첫사랑 진행 중"이다. 보통 이 구절에서 청자들은 화자를 남성으로 상정하는데 후렴구엔 다음과 같은 가사가 나온다. "하지만 미안해 네 넓은 가슴에 묻혀 다른 누구를 생각했었어."

일반화시킬 수 없겠지만 '넓은 가슴'이라 함은

남성의 그것이라 생각하기에 동성 간의 사랑이 아닌가 생각하게 된 것.

결국 작곡자가 이 노래는 퀴어와 상관없는 곡이라 밝히기도 했으나, 사실관계를 떠나서 어떤 작품을 마음으로 느끼는 것은 독자, 혹은 청자의 몫이다, 어떤 사람에겐 이 노래가 동성 간의 엇갈린 사랑으로 들려 더 가슴 아플지 모를 일이다.

한 편의 시에도 여러 화자가 등장하기도 한다. 나 같은 경우, 그럴 때에 화자를 볼드 표시, 혹은 기울임체 등으로 구분하기도 하지만, 그런 구분 없이 다중 화자를 등장시키기도 한다. 그런데 많은 경우, 독자들은 시의 화자를 한 명으로 읽는다. 델리스파이스의 〈고백〉이 오해 아닌 오해를 산 것도, 청자들이 노래의 화자를 한 명으로 생각했기 때문일 것이다.

어떤 말을 전할 때, 대부분 명확한 표현이 도움이 되지만, 예술작품은 조금 다르다. 오히려 어느 정도 사실관계를 숨길 때 더 큰 울림을 주기도 한다. '고백'이란 숨겨진 사실을 꺼내 밝히는 일인데 〈고백〉에는 뭔가가 더 숨겨져 있다. 그리고 그 불완전한 부분이, 아이러니하게도 더 내 마음을 울린다.

인터넷 방송 채팅창에선 고백이 다소 씁쓸한 의미로 사용되기도 한다. '고백해서 혼내주자'란 말이 그것인데, 자신의 고백을 반가워하지 않을 상대에게 고백해서 곤란하게 해주자는, 그러니까 일종의 자기비하도 섞인 말이다. 혹자는 고백에서 달콤함만을 떠올리겠지만 말했던 것처럼 고백은 죄를 털어놔야 하는 두려움, 서로 원치 않는 것을 알게 되는 슬픔을 담고 있기도 하다. 델리스파이스의 〈고백〉도 서로의 마음과는 달리 엇갈린 사랑의 이야기이다. 어쩌면 '오래오래 행복하게 살았습니다'가 아니기에, 본 내용보다 그 뒤가 더 궁금해지는 것이 새드엔딩이다. 그 결말이 맞는지 자꾸 되묻게 된다. 그렇기에 〈고백〉을 들을 때마다 아쉽고 애틋한 느낌에 빠지고, 또 그로 인해 계속해서 찾아 듣게 되는 것이리라.

/ 〈Tears In Heaven〉 〈유리창 1〉 /

우리는
천국을 모르지만

'추모는 살아 있는 사람을 위한 거야' (《꿈은 또 날아가네 절망의 껍질을 깨고》)라는 구절을 쓴 적이 있다. 정말 그렇게 생각한다. 우리는 추모하면서 누군가를 잃었다는 상실감 그리고 잊어간다는 죄책감을 이겨낸다. 추모에 실패한 사람이 살아남을 수 있을까. 산다고 해도 그것은 행복한 삶이 아닐 것이다.

〈Tears in Heaven〉은 1992년에 발표된 에릭 클랩튼의 노래이다. 노래가 발표될 무렵 나는 아직 초등학생이었으나, 심야 라디오를 즐겨 들었기에 금방 이 곡을 접할 수 있었다. 당시엔 늘 그랬듯이, 가사의 뜻을 모르고 그냥 어딘가 애잔한 노래이구나 싶었다. 그러다 어느 날 이 노래가 아들의 죽음에 바치는 곡이란 라디오 DJ의 소개를 들었다. 그제야 초등학생 권민경이 느낀 이상한 애수의 정체를 깨달았다. 물론 어린 자식을 떠나보낸 부모의 마음은, 마흔이 넘은 지금의 나도 완벽하게 이해하지 못한다. 그러나 상실의 아픔은 너무도 보편적인 마음이라 어린 나도 본능적으로 가슴 아파했던 것이다.

이 노래에서 내가 제대로 부를 수 있는 가사는 제목과 같은 'tears in heaven'이란 부분뿐이지만 가사를 죄다 외우고 있는 랩보다도 과몰입되는 건 노래에 담긴 어떤 기원 때문이 아닐까.

〈유리창 1〉은 정지용의 시로 1930년에 발표되었다. 내가 이 시를 처음 본 것은 교과서에서였다. 아마 고등학교 1학년 과정이었을 것이다. 〈유리창 1〉은 교과서에 실린 시 중에서도 유독 기억에 남는 작품이다. 이 시에도 자식의 죽음을 기리는 마음이 담겨 있다.

'고흔 폐혈관(肺血管)이 찢어진 채로 / 아아, 늬는 산(山)새처럼 날아갔구나!'라는 마지막 구절에서 말하듯, 정지용은 자신의 어린아이를 폐결핵으로 잃었다.

이 시가 일찍이 죽은 장녀를 위한 시인지, 후에 죽은 둘째 아들을 위한 시인지는 확실하지 않지만, 어쨌든 시인은 추모의 마음을 강하게 갖고 있었던 모양이다. 그는 죽은 아이들을 위해 이 시를 쓰고, 후에 태어난 막내딸에게 죽은 장녀의 이름을 물려주었다고 한다. 죽은 이를 잊지 않기 위해, 그리고 계속 살아가기 위해 시를 남기고 이름을 물려주는 행위는 기도처럼 느껴진다. 죽어서도 계속 살아있으라. 살아서도 언젠가 죽으리라. 같은 운명을 받아들이며 슬픔을 달래는 기도인 것이다.

초등학생 때 내가 라디오에서 들었던 노래처럼, 고등학생이 되어 교과서에서 읽었던 시처럼 우린 어려서부터 추모를 배운다. 추모는 삶의 필수 요소 중 하나가 아닐까. 인공호흡이나 소화기 사용법처럼 알고 있어야 당황하지 않고 사용할 수 있다. 추모를 통해 우리는 위기를 극복한다. 마음을 잃어버리지 않고 계속 살아간다.

그럼에도 불구하고 갑자기 닥치는 죽음 앞에 우리는 얼마나 방황하는지.

살아가며 추모할 일은 계속 늘어난다. 자연스레 추모가 내 시의 중요한 테마 중 하나가 되었다. 우리는 모두 죽음으로 향하는 존재이기에 하나의 운명 공동체이다.

사람마다 믿는 사후 세계의 모습은 다를 것이다. 어쨌든 살아 있는 우리의 모습과 죽은 자들의 모습은 분명 다르지 않을까. 사후 세계가 없길 바라는 나는 죽음 후의 세계는 아무것도 없는, 그렇기에 평온한 무의 상태일 거라 상상한다. 에릭 클랩튼이 생각하는 천국은 '눈물이 없'는 곳이다. 우리는 자신이 생각하는 이상향을 사후 세계에 대입한다. 그를 보면 '추모는 살아 있는 사람을 위한' 것이란 걸 다시금 생각한다.

그리하여 추모를 담은 작품들은 그저 슬픈 이야기로 끝나는 게 아니라 내일을 담은 이야기가 된다.

오늘을 잘 살고, 또 언젠가 나도 잘 떠날 수 있길 바라는 마음. 어떤 면에선 주술적이기까지 한 마음이 추모의 작품들엔 담겨 있다.

마음의 은유,
던전

내 30년 이상의 게이머 생활을 통틀어도, 〈다키스트 던전〉은 꽤나 신선한 게임이었다. 그래서 비교적 최근인 2016년에 접한 게임임에도 불구하고 나는 〈다키스트 던전〉을 내 최애 게임으로 뽑는다.

사실 게임의 줄거리는 단순하다. 어느 오래된 가문의 저택 지하에서 악마와 마물들의 소굴이 발견되고 주인공(플레이어)은 이로부터 가문을 구하기 위해 '다키스트 던전'에 들어서는 것이다. 러브 크래프트의 '크툴루'를 연상시킬 만한 이물들이 던전 안에 가득하다. 〈다키스트 던전〉은 함께 파티를 이루어 싸우는 캐릭터들과 괴물들의 모습을 어두운 일러스트로 그리고 있다.

물론 이 정도 설정만으로도 〈다키스트 던전〉은

충분히 매력적이다. 하지만 이 게임이 내 마음을 사로잡은 결정적인 이유는 따로 있었다.

그동안 내가 해왔던 게임에선 대부분 신체적 대미지를 입고 생명력이 전부 줄어들면 게임오버가 되거나 캐릭터가 완전히 사망 처리된다. 여느 RPG 게임이 그렇듯 〈다키스트 던전〉에도 생명력(HP)이 존재하나 그와 더불어 다른 데서 보기 힘든 정신력 시스템이 존재한다. 말 그대로 정신적 대미지를 받으면 스트레스 지수가 쌓이는 것이다. 스트레스가 쌓이는 요인은 다양한데 그것이 꽤 현실적이다. 함정에 걸리거나, 배가 고프거나, 적에게 크리티컬 공격을 받거나 하는, 던전에서의 다양한 돌발상황이 플레이어의 정신을 손상시킨다.

생각해보면 인간이란 본디 그럴 것이다. 아무리 신체적으로 단련된 자라고 하더라도 마음은 쉽게 속살을 노출한다. 그러니 괴물이 우글거리는 던전에서 몇 날 며칠 싸워야 하는 인간의 마음이 어디 평온하기만 하랴. 그럼에도 여태껏 대부분의 게임에서는 물리적인 생명력은 강조해도 이런 부분에 대해서는 별다른 표현이 없었다. 아마도 게임이 그렇게까지 디테일하면, 캐릭터보다 플레이하는 사람의 스트레스가 더 쌓일 테고 그러면 게임 본연의 즐거움이 사라질 수 있기 때문일 것이다. 그럼에도 〈다키스트 던전〉에선 이런 정신적인 부분들을 전면으로 다루고 있기에 한층 특별하다.

〈다키스트 던전〉에는 이와 관련된 재미있는 설정이 또 하나 있다. 스트레스 지수가 차올라 '정신붕괴'를 일으킨 캐릭터는 온갖 부정적인 말을 해서 다른 멀쩡한 캐릭터의 정신력까지 깎아 먹는다. 어두운 생각이란 얼마나 쉽게 전염되는지! 부정적인 이야기를 잔뜩 듣고 기가 빨려본 경험은 누구나 겪어봤을 것이다. 심지어 전쟁터 같은 던전에서 '너를 기다리는 것은 죽음뿐'이라는 이야기를 반복해서 듣는다면! 멀쩡했던 사람의 정신력이 깎이는 것도 납득된다. 정신 붕괴 상태에서도 스트레스가 가시지 않고 계속 쌓이게 되면 결국 캐릭터는 심장마비를 일으켜 죽음에 이른다.

그런데 반대 경우도 있다. 캐릭터가 스트레스 반응으로 정신 붕괴를 일으키는 대신, 낮은 확률로 각성하기도 한다. 그것을 게임에서 '영웅적 기상'이라고 하는데 나는 이를 보며 위인들의 일화를 떠올렸다.

나는 어릴 적부터 위인전을 무서워했다. 위인전에 등장하는 많은 인물이 고통을 받다가 결국 죽게 되기 때문이었다. 하지만 역으로 어떤 시련의 상태에 놓여야만, 영웅이 영웅으로서 존재하는 게 아닐까. 일제 치하에서 고문을 받든, 방사성물질 때문에 중병에 걸리든, 험난한 현실을 겪어내야만 그 인물이, 어린이에게 교훈을 주는 책에 실릴 만하지 않냐는 말이다. 그런 스트레스 상황을 이겨내는 사람을 우리는 위인이라고 부르는 것일 테고. 〈다키스트 던전〉의 영웅적 기상이 낮은 확률로 일어나는 것처럼, 인간으로서 희소한 특성이 바로 위인의 특성일 것이다.

어쨌든 이런 몸과 마음의 고통을 이겨내고 〈다

키스트 던전〉의 마지막 던전인 '가장 어두운 던전'에 도착한 플레이어는 더 큰 시련을 마주한다. 마지막 던전에선 이때까지 함께 해온 파티원, 몇 명의 캐릭터의 희생을 강요한다. 그것도 플레이어가 스스로 누구를 희생하고 앞으로 나아갈지 골라야 한다. 결국 〈다키스트 던전〉의 엔딩은 필연적으로 새드엔딩이 될 수밖에 없다. 누군가의 희생을 바탕으로 이루어낸 광명이라면 그것이 진정 의미가 있을까.

사실 함께한 동료가 희생되는 서사는 아주 많다. 그러나 게임의 특성상, 〈다키스트 던전〉에서의 희생은 나(플레이어) 자신이 적극적으로 개입한 것이다. 플레이어는 게임 내 캐릭터에 대해 강한 책임감을 가질 수밖에 없다. 그러므로 〈다키스트 던전〉을 겪고 나서 느끼는 플레이어의 슬픔은, 평범한 서사에 의한 것이 아니라 누군가의 죽음에 직접 관여했다는 데에서 오는 책임감, 그리고 그에 따른 죄책감 같은 것이다. 너무나 인간적으로, 정신적인 문제를 겪는 〈다키스트 던전〉 안의 캐릭터들, 그리고 그 죽음을 바라보는 플레이어로 인해 〈다키스트 던전〉 만의 특별한 새드엔딩이 완성된다.

그럼에도 이 어두침침한 이야기에 매료되는 까닭은, 역시 인간 마음에 대한 고찰이 담겨 있기 때문이다. 어두운 곳에 숨겨놓았던 것, 모두가 가지고 있는 약한 마음을 들여다보는 행위는 괴물이 우글거리는 던전을 탐험하는 것처럼 위험스럽다. 그러나 한편으론 그 탐험 끝에 우리가 뭔가 얻으리라는—그것이 돈이나 명예일지, 혹은 자신의 성장일지 모르지만—기대감을 동반한다.

이 비참한 모험에서 우리는 정신 붕괴를 일으킬 것인가, 아님 영웅적으로 각성할 것인가. 나는 아마 전자일 것 같지만, 어쨌든 이 새드엔딩 속에서 한 가지를 잊지 않고 마음에 새길 것이다.

내 동료가 죽었다는 것, 그리고 나는 살아있다는 것.

그것이 누군가의 슬픈 엔딩을 지켜본 자의 의무라 생각하니까.

존버[†]의 방식으로

스물여섯, 첫 차가 생겼다. 무려 금색이다. (p.153)

송지현 서른셋(2019년), 첫 책이 생겼다. 무려 흰색 표지이다. 무엇이든 쓸 수 있다.

송지현의 첫 소설집 〔《이를테면 에필로그의 방식으로》(문학과지성사, 2019)〕의 한 구절을 빌려 나는 짐짓 유쾌하게 글을 시작하려 했다. 그러나 이미 여러 차례 언급된바 있는, 송지현 소설의 유머코드를 이야기하려 하는 것은 아니다. 나는 송지현이 꽤나 고통스

+ '존나'라는 비속어와 스타크래프트 저그 유닛이 숨는 것을 뜻하는 'burrow'가 섞인 신조어. 주식계에선 끝까지 매도하지 않고 버틴다는 뜻으로 쓰인다.

러운 글쓰기를 하고 있다는 걸 알기 때문이다. 그의 작업은 그야말로 '지난'하다. 몸을 뒤틀고 때론 "빨래가 된 듯 널려 움직이지 않는"(p.16) 시간을 거쳐 그의 소설은 조금씩 꼴을 갖춰간다. 그런 힘든 작업 과정 때문일까. 다음 생에도 소설가가 될 거냐는 나의 질문에 송지현은 절대 아니라고 답했다. 다른 삶을 살 것이라고 하였다. 그러나 나의 질문에는 이미 그가 소설가의 삶을 살고 있다는 것이 전제되어 있다.

현재의 '나'가 되어보지 않고 어떻게 '나'가 되고 싶지 않았다고 말할 수 있을까. 나는 이미 나인 것을. 송지현은 오늘도 소설을 쓰고 있기에 다른 삶에 대해 말할 수 있다. 물론 그의 희망처럼 회사원이 되어 승진에 힘쓰는 삶을 산다면 그는 반대로 소설가로서의 삶을 갈망했을지 모른다. '우리', 혹은 '우리였을 가능성'이 존재하는 것처럼, '실패나 성공' 또한 하나의 '가능성'으로 존재한다.

*

작가의 삶을 아는 것, 그리고 글쓰기 방식을 아

는 것은 새드엔딩을 즐기기에 종종 도움을 준다. 송지현이 쓰는 이야기가 마음에 드는 이유는, 내가 그녀를 잘 알기 때문일 수도 있겠다. 그러니 나는 송지현이 쓰는 방식을 이야기하며, 독자들에게 이 다소 우울한 소설들이 왜 좋은지에 대해서도 이야기할 수 있겠다.

*

송지현의 첫 소설집에선 존재감이 박약한 인물들이 자주 등장한다. "어느 화부턴가 나오지 않지만 아무도 그 사실을 모르는 엑스트라 정도로" 인상이 흐린 언니(p.15), "일주일에 적어도 두 번은 들르지만" "원래도 존재감이 희미한 편이"라 "서비스 한 번" 받지 못하는 '셋'(p.39), "원래도 아주 흐릿한 사람이었던 소년의 어머니"(p.117) 등이 그렇다. 위의 인물들이 타인의 입을 빌려 '흐린 존재'라 일컬어진다면, 강렬한 개성을 갖고 있어도 정작 자신의 존재가 불안하다 직접 말하고 있는 인물들도 있다. 유명 작곡가이면서도 "삶의 무언가가 완전히 떠나버려서,

아무것도 남지 않았"다고 말하는 남자(p.75), "마치 인생 자체가 시체 없는 사건 같"다고 말하는 '오소리'(p.198), "늘 사라질 것 같아서 불안"한, "사라지면 기억해주는 사람이 있을까" 생각하는 라디오 디제이(p.225) 등이 그러하다. 이렇듯 송지현의 소설 속에는 존재감이 희미한 인물들이 많다. 그들의 겪고 있는 정서적 문제는 불행이나 슬픔이라기보다, 어떤 불안이다. 송지현의 소설 기저에 깔려있는 이 불안은 아주 섬세한 것으로, 그것을 우울이라고 표현하는 것은 너무 단순하다.

*

새 소설 한 편이 쓰이면 그만큼의 새로운 우주가 탄생한다고 가정하자. 물론 그 우주의 중심에는 소설가가 있다. 송지현이 주렁주렁 탄생시킨 우주에서 그는 신이다. 신이 자신의 모습을 본떠 인간을 탄생시킨 것처럼 송지현의 소설과 그 인물들도 그의 모습과 닮아있다. 그의 소설은 하나의 세계관 속에서 돌아가는 연속된 이야기로도 느껴진다. 소재도 어조도 다른 소설들이지만 한 권의 책으로 묶인 것이 그럴듯하다. 모두 공통적으로 '에필로그의 어조'가 감지된다. 우리는 에필로그를 읽으면서 여러 가지 감정을 갖는다. 끝을 맺는 데에 후련함을 느끼기도, 못마땅한 결말에 불만을 갖기도 한다. 어쨌든 에필로그는 끝, 그리고 하나의 세계관과의 이별을 필수적으로 내포한다. 매번 에필로그의 방식으로 말하는 사람이 있는데, 그 사람이 이별에 익숙하지 않다고 하면 어떨까. 다가올 이별을 늘 불안해하는 마음으로 살아간다면?

그러니 송지현의 소설에서 유머가 중요한 코드로 다뤄지는 것은 당연하다. 빛과 그림자처럼, 웃음은 불안과 함께한다. '외로워도 슬퍼도 안 우는' 캔디형 인간의 꿋꿋함이 아니다. 웃음은 명랑함을 뜻하기도 하지만, 상처를 치유하려는 노력이거나 상황을 모면하려는 발버둥, 혹은 발작적인 히스테리일 수도 있다. 아니면 그저 자조일 수도 있고. 어떤 성질의 것이든 그 웃음이 없다면, 언젠가 반드시 사라지고 말 거라는 불안을, 그 피할 수 없는 숙명을 이겨낼 수 없을 것만 같아 웃는다. '웃음'과 '불안'은 서로 먼 단어처럼 느껴져도 사실 둘은 등을 맞붙이고 있다.

> 한국에서 오소리로 사는 건 참 힘든 일이었다. 타고난 성향을 모두 바꿔야만 했다. 야행의 습성부터 주로 동굴에서 휴식을 취하는 것, 그리고 겨울이면 찾아오는 동면까지. 어떤 사람은 자신이 태어난 세계와 이다지도 맞지 않을 수 있다. (p.200)

젊은 작가가 한국에서 소설을 쓰는 것도 이와 크게 다르지 않다. (타고난 글쓰기 속도가 느린 사람이라고 해도) 청탁의 기회를 놓치지 않기 위해 다작해야 하고, 창작자로선 자연스러운 슬럼프의 기간이 길어서도 안 된다. 심지어 휴식을 취할 동굴(주거지)도 변변치 않다. 더불어 윗세대에선 없었던 새로운 자기 검열이나 반성(소수에 대한 문제, 여성 문제 등)이 존재한다. 송지현은 소설가의 세계와 맞지 않을 수도 있다. 소설가라는 직업인으로서의 고민에 앞서 인간으로서의 고민이 크기 때문이다.

하지만 역설적으로 이처럼 복합적인, 자기 존재에 대한 불안이 송지현을 소설가로 살게 한 것이리라. 이중적이고, 얼핏 근면하지 않아 보이며, 불안을 누구보다 빨리 감지하는 능력을 갖고 있기 때문이다. 말하면 말할수록, 그가 꿈꾸는 유능한 회사원으로서의 삶은 멀게만 느껴진다. 불운하게도 그는 쓸 수밖에 없다.

> 요즘 유적지에 한국어로 된 낙서들이 문제 되고 있잖아요. 나쁜 행위인데도, 그래도, 저는 좀 이해가 가요. 그곳에 있었다는 사실을 알리고 싶은 마음 같은 게요. 여러분, 낙서가 좋다는 게 아니구요. 물론 그건 절대로 절대로 하면 안 돼요. 제 말은, 저는 늘 제가 사라질 것 같아서 불안하거든요. 사라지면 기억해주는 사람이 있을까, 뭐 그런 생각이요. (p. 225)

송지현의 소설 쓰기는, 우리가 필멸자라는 것을 깨닫게 하는 행위이기도 하다. 하지만 사라지기 위해선 우선 존재해야 한다. 사라짐을 불안해하는 순간, 우리는 역으로 자신의 존재를 실감한다. 그렇기에 예술 행위든, 매일 아침 출퇴근하는 행위든, 우리의 삶은 곧 '낙서'가 아닐까. 권민경이 시를 통해 하고 있는 낙서를 송지현은 소설로 하고 있다.

놀랍게도, 만족스러운 삶을 살고 있다 느껴지는 사람도 종종 '이번 생은 틀렸다'는 말을 한다. 어떤 지위에서 어떤 삶을 살든, 삶은 늘 망함의 연속이며 사라지고 바뀌고 머무를 수 없다는 쓸쓸함을 직면하는 일일지 모른다.

*

셔틀콕은 우리에게서 영원히 사라져버린 것이다.
우리는 돌아가는 내내 그 행방을 궁금해하다가,
셔틀콕도 사라짐으로써 존재감을 가지고 싶었던
거야.
라고 결론지었다." (p. 33)

송지현이 삶의 쓸쓸함을 버텨서 얻는 것은 이

낙서들, 《이를테면 에필로그의 방식으로》이다. 우리들은 이 낙서를 소중히 갈무리해서 읽고 또 읽는다. 밀레니엄 전후에 홍대에서 유행한 '조선 펑크'의 가사처럼, 유랑단처럼 슬프고 웃긴 모습이다. "마음대로 춤을 추며 떠들어 보세요. 어차피 우리에게 내일은 없다."†

우린 서로 다른 춤을 추고 다른 낙서를 하지만, 나는 송지현에게 '존버'를 권한다. 먼 훗날 송지현이 자신의 불안과, 그 짝패인 웃음을 어떻게 표현할지 궁금하기 때문이다. 볕이 들 때는 웃음이, 해가 지면 불안이 감도는 어느 행성처럼, 빛과 어둠이 주렁주렁 열리는 우주. 송지현의 소설 세계는 그렇게 단순하면서 또 복잡하므로 흥미로울 것이다. 이는 분명 주례사 정도로 들릴 위험이 있지만, 주례사란 어쨌든 축복의 말 아닌가. 나는 송지현이란 이 복잡한 인간에게 "복권"이라도 맞을 축복의 기운을 불어넣고 싶다. "모두 행복한 미래뿐"(p.154)이길 바라는 것이다.

† 크라잉 넛, 〈서커스 매직 유랑단〉

그리고 이는 개인적 친분에 기인한 애정만은 아니라, 그런 사사로움을 뛰어넘는 어떤 믿음에서 나온 것이기도 하다. 아니, 그렇다고 확신한다. 문학의 어느 계보에 속하지 않고 자신만의 길을 가고 있는 송지현이, '송지현류'의 소설을 쓰고 있다 생각하기 때문이다. 분류는 너무 쉽고, 반대로 분류되지 않으면 외롭다. 때론 따돌려졌다는 느낌까지 받게 된다. 문단이라는 형체 없는 곳에서, 작가들은 자의든 타의든 상처받게 된다. 그런 감정의 고조는 많은 소설가가 느끼는 것이겠지만 나는 단순히 문단이 아니라, 더 큰 세계의 신으로서 자신을 지탱하는, 송지현 그 자체를 기대해본다.

*

실제로 송지현은 세계의 신임을 증명하기 위해, 버티고 버티며 쓰고 있다. 살아있으며 동시에 사라질 거라는 예민한 감각, 그 존재 자체를 버텨낸 송지현이 쓰는 소설은 마냥 밝고 행복하지 않다. 그리고 자주 씁쓸하게 끝을 맺는다. 쓰는 것 자체가 지난한 일이니 어쩌면 결말이 씁쓸한 것도 어쩔 수 없을 것이다.

하지만 우리는 그것을 읽으며 또 다음을 기대한다. 실패하고 실패해도, 다시 태어나는 소설가의 새로운 세계, 포기하지 않는 글쓰기 같은 것. 절망이 아닌, 현실을 똑바로 응시하는 꺾이지 않는 마음이 담긴 송지현표 새드엔딩을.

/ 〈이카로스의 추락〉 /

슬픈 것을
구석에 놓아두자

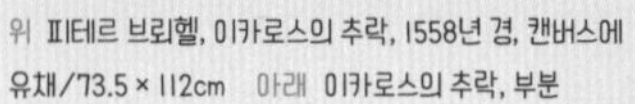

위 피테르 브뢰헬, 이카로스의 추락, 1558년 경, 캔버스에 유채/73.5 × 112cm 아래 이카로스의 추락, 부분

피테르 브뤼헬은 16세기의 네덜란드 화가이다. 세간에는 풍속화로 유명하다. 특유의 한 톤 가라앉은 색감과 상황에 대한 생생한 묘사가 호감이 가는 화가이다. 나로 말하자면, 브뤼헬의 풍속화도 좋아하지만 옆 그림을 가장 좋아한다.

이 그림도 일종의 풍속화이기는 하다. 그림의 가장 앞부분에는 농부로 보이는 사람이 밭을 갈고 있다. 그 뒤로는 양 혹은 염소를 치고 있는 목동이 보인다. 그 나머지, 그림의 많은 부분을 아름다운 풍경이 차지하고 있다. 이곳은 항구로 추정되며, 흰 돛을 단 배가 평화롭다. 먼바다에서는 해가 떠오르고 있다.

그런데 이 작품의 제목은 〈이카로스의 추락〉이

다. 온갖 풍경에 눈을 뺏긴 관람객들은 이카로스의 죽음을 쉽게 눈치채지 못한다. 그러나 자세히 보면 물에 빠진 사람의 다리가 보인다. 한 사람이 추락하여 죽었다는 증거는 그저 두 다리뿐, 주변은 평온하고 목가적이다.

이 그림을 이해하기 위해선 신화적 배경이 필요하다. '미다스의 손'이라는 말은 많이 들었을 것이다. 만지는 것을 황금으로 만드는 신화로 유명한 미다스 왕에겐 걱정거리가 또 있었다. 신의 저주로 인해 소와 결합한 왕비가 반인반우 미노타우로스를 낳은 것이다. 미다스는 흉포한 미노타우로스를 가두기 위해 유명한 장인 다이달로스에게 미로를 만들어 달라 부탁한다. 이카로스는 그 장인 다이달로스의 아들이다. 그 후 미다스의 노여움을 산 다이달로스와 이카로스는 다이달로스의 미궁에 갇힌다. 그러나 뛰어난 장인인 다이달로스는 미궁에서 탈출하기 위한 '인공 날개' 또한 제작할 수 있었다. 새의 깃털과 밀랍을 재료로 만든 날개를 달고 하늘을 날아오른 부자는 탈

출에 성공하지만, 너무 높이 날아오른 이카로스의 날개는 뜨거운 태양 볕에 녹아내린다. 결국 이카로스는 바다에 빠져 죽고 만다. 너무나도 유명해 '이카로스의 날개'라는 말이 여러 상황에 비유로 널리 쓰일 정도로 잘 알려진 신화이다.

이카로스가 빠져 죽은 곳은 그리스의 에게해라고 알려져 있다. 그렇다면, 이 〈이카로스의 추락〉의 배경은 미다스와 다이달로스, 그리고 미노타우로스가 살던 신화시대의 에게해일까?

배의 상태나 농기구의 모양, 등장인물들의 복식을 봐도 그건 아니다. 아마 브뢰헬이 살았던 어느 시대 어느 풍경이 아닐까.

그런데 브뢰헬은 언뜻 풍속화 같은 이 그림에 뜬금없이 신화의 인물을 등장시킨 것이다. 그것도 마치 숨은그림찾기처럼 아주 작은 비중으로 말이다. 그런데 또 제목은 〈이카로스의 추락〉이다. 주제를 전면에 드러내는 명확한 제목이다. 그 주제가 아주 작은 비중으로 그려졌다는 것이 오히려 더 흥미롭다.

그렇기에 이 그림에서 이카로스를 발견한 관람객은 꽤 반가울 것이다. 제목의 내용이 너무 유명한 만큼, 저기 바다에 거꾸러진 다리가 이카로스라는 것도 금방 포착할 것이다.

이 작은 것을 내가 발견했다! 그게 이카로스라는 것도 안다!

일종의 지적 허영과 작가의 재치에 부응했다는 관람자로서의 자긍도 느낄 것이다. 이 그림은 아주 역동적으로 갤러리를 관람에 끌어들인다. 그야말로 인터랙티브(interactive)하다.

하지만 잊지 말자. 이카로스는 죽었다. 우리는 사실 누군가가 죽어가는 순간을 목격한 것이다.

우리는 이 새드엔딩이 활용된 방식에 재미를 느낀다. 만약 그림 속의 인물이 죽지 않고, 그 앞의 배라든지, 낚시하고 있는 어부에게 구조된다면?

어쩌면 장르 소설 등에서 흔히 쓰이는 타임슬립† 물로 이 작품의 뒷이야기를 이어보는 것도 가능할 것이다. 뜬금없이 미래의 어느 바다로 떨어진 이카로스가 구조되어 그곳에서 살아가는 것이다. 꽤 흥미로운 이야기가 될 테지만, 다시 한번 말하지만, 우리, 소름 끼치는 사실을 잊지 말자. 〈이카로스의 추락〉은 새드엔딩. 평화로운 아침 풍경 속에서도 누군가는 죽어간다는 자명한 현실을 말해줄 수 있기에 예술이 존재하리라. 그리고 슬픔의 요소는 그 예술작품을 즐기는 데 큰 소스를 제공한다.

'인생은 가까이서 보면 비극이지만 멀리서 보면 희극'이란 찰리 채플린의 유명한 말이 있다. 〈이카로스의 추락〉도 그 말에 부합하는 작품이다.

〈이카로스의 추락〉에서 작가가 만들어낸 장치는 꽤 재치 있지만, 우리가 이 그림을 제대로 즐길 수 있는 것은, 이카로스 신화가 새드엔딩이기 때문이다.

이카로스와 달리 온건한 현재진행형을 살고 있다 믿기에 이 그림을 보는 갤러리들은 안심한다. 또

+ 타임슬립(time slip). 판타지 및 SF의 클리셰로, 어떤 사람 또는 어떤 집단이 알 수 없는 이유로 시간을 거스르거나 앞질러 과거 또는 미래에 떨어지는 일. (위키백과)

한 단순히 행복한 목가적 풍경이 아닌 그 속에 숨겨 놓은 비극, 그 상반된 요소의 부딪힘은 우리를 느끼게, 생각하게 만든다. 명백한 비극 자체가 예술을 향유하는 긍정적인 요소로 작용한다는 점은 재미있으면서도, 어딘가 무섭기도 하다. 진자운동 하듯 흔들리는 마음, 그것이 그림이란 실체로 나타난 것이 〈이카로스의 추락〉이다.

/ 〈용과같이〉 /

건달은 누군가를 행복하게 해줄 수
없는 걸까요
-아무래도 그런 편이죠[†]

어느 날 게임 〈용과같이〉를 열심히 즐기고 있는데, 이 게임의 엔딩보다 더한 새드엔딩이 있을까, 하는 생각이 들었다. 〈용과같이〉는 외전이나 스핀오프 외에 본편만 여덟 편이나 존재하는데, 모든 작품이 새드엔딩으로 끝난다. 〈용과같이〉가 2005년에 처음 출시된 이후, 줄곧 새드엔딩 노선을 지키고 있는 이유는 뭘까.

이 글의 제목에 그 해답이 담겨있다. 이 게임이 건달, 즉 야쿠자에 대해 다루고 있기 때문이다.

+ 게임 〈용과같이〉의 주인공 키류의 대사 '건달은 누군가를 행복하게 해줄 수 없는 걸까요'에 대한 트위터 유저 @esselshikikanp의 코멘트.

나는 내가 좋아하는 것에 관해 밝히는 것을 꺼리지 않는 편이다. 아이돌이든, 게임이든, 혹자가 어른이 좋아하기에 적합하다고 생각하지 않는 것에 대해서도 당당히 말한다. 하지만 가장 좋아하는 게임 중 하나인 〈용과같이〉 시리즈에 대해선 발언을 자제하는 편이다. 아무래도, 야쿠자가 주인공인 게임을 좋아한다고 밝히는 게 조금 남우세스럽기 때문이다.

한국에서 조폭 영화가 유행하던 때가 있었는데, 나는 그것들을 그리 좋아하지 않았다. 더 어릴 때는 홍콩 누아르 영화를 그렇게 좋아했으면서, 조폭물을 싫어하다니 어딘지 앞뒤가 맞지 않으나, 조폭이 친근하게 다루어지는 영화들에 어딘지 꺼림칙함을 느꼈던 것 같다.

〈용과같이〉가 일반적인 조폭물과 조금 다른 점이라면, 주인공이 야쿠자가 아니라는 점이다. 정확히 말하면, 이 시리즈의 주인공은 야쿠자인 적은 있으나 현재 시점에서는 야쿠자가 아니다.(프리퀄 격인 〈용과같이 제로〉는 예외.)

이 게임을 만든 용과같이 스튜디오, 일명 '용스튜'의 제작진들은, 야쿠자가 이 시리즈의 주인공이 되는 것을 지양한다고 말한 적이 있다. 그들 나름의 신념이 드러나는 부분이다. '용스튜'는 정의롭고 멋있는 주인공 키류로 인해 야쿠자가 미화되는 것을 옳게 보지 않은 모양이다. 그래서 이 시리즈의 주인공인 키류 카즈마나 〈용과같이 7〉 이후의 주인공 카스가 이치반은 과거 야쿠자인 적은 있으나 현재는 손을 씻은 상태이다. 이는 '야쿠자 미화 방지'를 위한 제작자 나름의 안전장치인 셈이다. 물론 야쿠자였던 과거는 절대 지워지지 않으며, 그 과오 때문에 주인공은 늘 야쿠자와 엮인다.

'용스튜'의 이런 신념은 앞서 말한 새드엔딩으로 이어진다. 과거 야쿠자였던 경력 때문에 사랑하는 사람이 죽고, 원하던 꿈을 포기하는 엔딩을 보며 플레이어는 가슴 아파하면서도 상황을 납득한다.

〈용과같이 6〉의 엔딩에서 주인공인 키류 카즈마

는 자신이 사랑하는 사람들을 위해 그들의 곁을 떠난다. 그리고 세상에서 자신의 흔적을 지운다. 갖은 새드엔딩의 연속에서도 자신의 삶을 살아가던 키류의 퇴장, 자신이 살아온 증거를 지우는 쓸쓸한 그의 뒷모습에서 그야말로 새드엔딩의 절정을 느낀다. '건달은 누군가를 행복하게 해줄 수 없는 걸까요'라는 질문에 관한 대답은 사실 모두의 마음속에 이미 정해져 있는지도 모른다.

역으로, 어린 내가 조폭물을 보고 찜찜해 했던 것은, 권선징악이라 부를 수 없는, 범법자들의 행복 때문일 수도 있다. 사람은 누구나 행복해질 권리가 있다. 하지만 그 권리가 누군가의 눈물을 바탕으로 이루어진 것이라면? 그에 대해 긍정할 사람은 없을 것이다.

하지만 역시 영화는 영화이고 게임은 게임일 뿐. 우리는 창작물을 보고 그것을 곧이곧대로 받아들이진 않는다. 그렇기에 조폭물이나 야쿠자물에서 어쩔 수 없이 등장하는 성 상품화, 약물 문제, 문제적 지점들도 하나의 설정으로 보고 넘길 수 있다. 하지만 디테일이 모여서 서사를 완성한다면, 그 결론이 어디로 이어지는지 잘 생각해 봐야 한다. 어떤 작품의 문제적 부분을 애써 흐린 눈으로 외면했는데, 결국 해피엔딩으로 끝난다면? 우리는 그것을 가상의 텍스트로 납득할 수 있을까? 어딘지 찜찜함이 남진 않을까?

〈용과같이〉는 흔히 말하는 'PC적인' 게임은 아니다. 이 게임의 총괄 프로듀서였던 나고시 토시히로는 2005년 발매한 〈용과같이〉를 철저히 일본 성인 남성을 위해 개발했다고 밝힌 바 있다. 타깃이 뚜렷하기에, 성인(당연히 미성년자 아니다) 한국 여성인 내 눈에 문제적 지점이 더 많을 수 있다. 그러나 나는 이 게임을 나의 길티 플레저[+]라 말한다. 아마 나는 이 게임을 끊을 수 없을 것이다. 과장된 폭력 신과

[+] 어떤 일에 대해 죄의식을 느끼면서도 그것을 좋아하고 즐기게 되는 심리로, 영어 길티(guilty · 죄책감이 드는)와 플레저(pleasure · 즐거움)를 합성한 말.

엽기적인 개그 신이 어두운 서사를 중화시키는, 〈용과같이〉 특유의 '갭모에'[†]를 멈출 수 없다.

나는 우리가 읽고 있는 이 책의 전반에, 내가 새드엔딩을 더 좋아하는 이유를 말하고 있는데, 〈용과같이〉의 경우는 조금 다른 이야기가 되었다. 필연적으로 새드엔딩이 될 수밖에 없는 이야기가 있다. '그 저변에 깔린 문제에 대해 생각해 볼 만하겠다'가 결론이랄까.

〈용과같이〉는 2024년에 새로운 시리즈 론칭을 앞두고 있다. 그동안 이 게임의 제작을 총괄해왔던 나고시 프로듀서가 물러나고 발표되는 첫 본편이다. 트레일러 영상에 의하면, 사라졌던 키류 카즈마도 재등장하는 것으로 보인다. 〈용과같이〉는 그동안의 전통이었던 새드엔딩 서사를 이어갈 것인가? 사실 새

† ギャップ萌え. 한 대상의 평소의 모습과 완전히 다른 모습과 갭(gap)에 대한 애정을 말한다.

로운 시리즈의 결말에 대해 내가 갖는 마음은, 길티 플레저인 이 시리즈를 대하는 내 마음처럼 이중적이다. 새드엔딩이길 바라면서도, 한편으론 등장인물이 너무 심한 대우를 받지 않길 바라는 걸 보면, 나는 이 게임에 대해서 제법 우왕좌왕이다.

/ 〈낚시질〉 /

물고기같이
울었다

물울은 내가 2011년부터 몸담아온 스터디의 이름이다.

물울은 이것저것 다 하는 스터디이다. 시도 읽고 소설도 읽고 글도 쓰고 가끔 평론이나 예술서도 읽는다. 화집을 같이 본 적도 있다. 문학 스터디라고 하기엔 이것저것 다 하고 있어서 종합 예술 스터디라고 할 수 있는데, 또 종합 예술이라고 하기엔 너무 문학 편향적이다. 결국 정체를 알 수 없는 무엇이다. 이쯤 되어선 물울은 스터디이기도 하지만 마음 맞는 사람들끼리 하고 싶은 것 하는 친목 모임일 거다.

나는 친구가 별로 없는 편이었다. 친구가 있다고 해도 자주 만나는 편이 아니었다. 그런 의미에서 안 사람인 효를 빼고 가장 많이 만나는 친구는 물울 스터디원들인 밥과 심비였다. 그런데 코로나19 때문에 스터디를 못 하게 되어 오랫동안 만나질 못하게 되었다.

스터디는 학부에 다니던 2006년부터 해왔다. 그리고 그때부터 거의 끊이질 않고 계속해왔는데, 2020년에 처음으로 장기간 스터디를 쉬게 되었다. 처음 있는 일이다 보니 허전하고 외롭기까지 했다. 스터디라는 것이 내겐 몇 안 되는 규칙적인 일정 중 하나였고, 어쩌면 물고기가 물속에 있듯 자연스러운 일이었다는 걸 떠나보니 알게 되었다.

강제로 떨어진다는 것은 사람을 애타게 만든다. 나는 친구라고 해도 몇 년에 한 번 만나고, 그걸 그러려니 하는 사람이었고, 물울도 1년의 한두 번은 짧은 방학을 갖곤 했다. 그러나 억지로 떨어진 상황은 자의적인 휴식과는 상당히 달랐다.

우린 매주 만나도 할 이야기 참 많았다. 그러고 보면 친구란 것은 자주 만나도 할 이야기가 생기는 사이를 말하는 듯하다. 신기한 일이다. 이야기는 왜 끝이 없을까.

우리의 이야기가 시작되던, '물울'이라는 스터디 명을 정하던 때를 되새김질해 보면 이러하다.

뭐든 시작할 때가 두근거리고 재밌는 법이다. 뒤늦게 들어온 효를 제외하고, 대학원 동기인 밥, 심비 그리고 나는 스터디 결성을 결정하고 이름 짓기를 했다. 여러 이름 후보를 대다 그 당시 함께 읽고 있던 시집에서 우연히 한 문구를 발견했다. 그 문구를 스터디 이름으로 하는 것에 모두 찬성했다. 물울은 사실 '물고기같이 울었다'의 줄임말이었다. 마종기 시인의 시 〈낚시질〉의 한 구절이다. 그 이름이 선정된 이유는 복잡하지 않았다. 마종기 시인을 좋아하고 이 구절은 참 멋있지 않은가. 그거만으로 충분했다.

지금 생각해 보면, 시 〈낚시질〉의 내용은 지금 우리 모습과 닮아있다. 〈낚시질〉 속의 화자는, 낚시를 즐기던 낮, 문득 왜 매일 살아가고 있는가에 대해 생각한다. 멈추고 나면, 문득 생각나는 것들이 있다. 당연하게 여기던 것들이 당연하지 않게 여겨지고, 아주 의미심장해지는 것이다.

그래서 우리는 왜 사는가, 어떻게 살아야 하는가, 그런 것들에 대해 고민하는 때가 존재한다. 〈낚시질〉의 화자는 결국 울음으로 이야기를 마친다. 회한이랄지, 슬픔이 문득 밀려오는 밝은 한낮의 풍경에서, 햇빛이 부신 날의 이별이 더 슬프다던 유행가 가사도 떠오른다.

우리는 팬데믹이라는 이 기약 없는 멈춤 속에서, 외따로 된 개인으로 삶의 한 시기가 무력하게 흘러가는 것을 바라본다. 비록 〈낚시질〉은 눈물로 끝을 맺지만, 우리가 이 낮을 지나면, 어떤 얼굴을 하고 있을진 모를 일이다. 〈낚시질〉을 읽는 우리는 화자의 눈물에 충분히 공감하지만, 그 이후엔 각자만의 삶을 만들어 갈 것이다. 그것이 이 눈물을 읽는 의미일 테니. 남의 슬픔을 섭취하고 각자의 방식으로 소화시키는 것, 그것이 새드엔딩을 읽는 의미일 테니 말이다.

물고기는 물에 산다. 그러면 물고기의 눈물은 어떤 형태일까. 눈물을 흘리자마자 물에 흡수가 될까. 코로나 이후, 우리는 한 물에 있지 못하지만, 각자의 물에서 노닐고 있다. 그 물에서 각자 어떤 눈물을 흘릴지 상상해 본다.

물울 스터디가 문학 스터디도 예술 스터디도 아닌 정체성을 갖고 있지만, 하나만은 확신할 수 있다. 모두 물고기같이 우는 일에 대해서 떠올릴 수 있고 물고기의 눈물에 대해 상상할 수 있는 사람들이라는 것.

그래서 다시 만날 날을 기다리며 나는 이 글을 쓴다. 그리고 우리가 다시 만나는 날, 이 글을 읽는 독자들도 함께 만날 수 있겠지.

물 밖으로 나온 물고기처럼 울지 말고 즐겁게 지내다, 물 안에서 다시 만나자.

낚시질 / 마종기

낚시질하다
찌를 보기도 졸리운 낮
문득 저 물속에서 물고기는
왜 매일 사는 걸까.

물고기는 왜 사는가.
지렁이는 왜 사는가.
물고기는 平生을 헤엄만 치면서
왜 사는가.

낚시질하다
문득 온 몸이 끓어오르는 대낮,
더 이상 이렇게 살 수만은 없다고
中年의 흙바닥에 엎드려
물고기같이 울었다.[+]

+ 《안 보이는 사랑의 나라》(문학과지성사, 1980)

실패담과 성공담 중
고르라면

학부 시절에, 북극 근처 산을 등반하는 산악인에 관련된 소설을 썼었다. 쓰고 싶은 마음만 만만했고, 과제 때문에 급하게 쓰느라 자료조사는 충분치 못했다. 그때 나는 고학생으로 주말에 도서관에서 일하고 있었다. 그런데도 자료조사를 못 한 것은 게으른 탓이었다. 결국 엉터리 소설을 제출하고 나니 고치거나 이어 쓰고 싶은 마음이 들지 않았다.

다만 아쉬움은 남아서, 나중에라도 탐험 서적을 찾아보자고 마음먹었다.

도서관 알바도 다른 아르바이트처럼 손님이 몰리는 시간에만 몰렸다. 어느 오후, 특별히 바쁘지도 않고 읽을 책도 없어 열람실을 헤매고 다니던 나는

900번 대[†]책장에서 《남극일기》라는 책을 발견했다. 동명의 한국 영화가 있었지만, 그와는 다른 이야기였다. 저자는 로버트 스콧 대령이었는데 그에 대해서는 당시에도 얼핏 들어봤었다.

나는 전쟁이나 탐험 등, 인간이 극한에 내몰리는 상황을 다룬 작품을 보는 것을 좋아한다. 좀 이상한 말이지만, 너무 싫어서 그걸 보는 게 좋달까. 극한 상황에 자청해서 뛰어드는 극의 인물들이 나로선 이해가 안 되다 못해, 그 순간을 생각하면 치가 떨리기까지 한다. 하지만 반대로 몸과 마음을 다해 한계를 헤쳐 나가는 인간에 대해서 경의에 가까운 신기함을 느낀다. 그런 사람들은 항상 내 호기심을 자극한다.

로버트 팔콘 스콧도 그랬다. 아문센을 상대로 남극 쟁탈전을 벌이다가 돌아오지 못하고 불귀의 객이 되어버린 사람이라는 것 정도는 알고 있었다. 마침

[†] 도서관 주제별 분류에 따르면 900번으로 시작하는 책은 역사, 지리에 관한 내용을 담고 있다.

썼던 소설과 어느 정도 연관도 되어, 한층 호기심이 생겼다. 나는 《남극일기》를 꺼내 들었다.

《남극일기》는 스콧이 남긴 일기나 편지를 모아 놓은 책이다. 동료들에 관한 자세하면서도 시시콜콜한 이야기, 기나긴 겨울의 남극에서 보낸 일상 등이 적혀 있었다. 일기 형식의 글을 읽다 보니, 스콧이 아는 사람처럼 친근하게 느껴졌다. 딱딱하고 형식적일 거라는, 내가 가진 군인에 대한 편견과는 많이 달랐던 대령 스콧의 다정하고 꼼꼼한 면모 때문에 더 그랬는지 모르겠다.

이 책의 가장 눈에 띄는 부분은, 역시 죽기 전 마지막 며칠의 기록이다. 스콧은 죽음에 대한 공포와 싸운다. 동료들은 하나둘 죽어가고, 자신의 동상도 상태가 시시각각 악화된다. 그 상황들을 처절히 묘사하면서, 두렵다고 솔직하게 표현하는 그의 모습이 너무 인간적이다. 그의 뼈를 에는 고통이 강하게 전해져 온다. 나는 인간 대 인간으로서의 감정적인 교류를 느꼈다. 그의 글이 픽션이 아닌 '일기'이기에 가능했던 일일 것이다. 나는 소설의 덕후라면 덕후이지만, 가끔은 가공하지 않은 그대로의 것에, 더 크게 감동하는 때가 분명 있다.

스콧의 탐험 이면에는 아문센과의 라이벌십이 깔려 있다. 본래 북극점 정복을 목표로 했던 아문센은 R.E.피어리가 먼저 북극점에 도달했다는 소식을 듣고 목표를 남극으로 바꾼다. 결과적으로 아문센이 스콧보다 먼저 남극점에 도달했다. 한 달쯤 늦게 도착한 스콧은, 남극점을 먼저 정복하고 떠난 라이벌 탐험대의 흔적을 발견하고 절망한다. 극지 정복은 최초가 아니면 아무런 의미도 없었다. 실패 후 귀환하던 스콧의 탐험대를 기다리고 있었던 것은 죽음뿐이었다.

스콧의 죽음으로 당시 여론(이라고 하기엔 스콧의 고향이자 스폰서인 영국 위주였겠지만)은 아문센에게 상당히 좋지 않았다. 애초에 회군하다시피 남극으로 향한 것도, 개썰매를 이용하다가 식량이 부족해지자 개를 잡아먹은 것도, 아문센에겐 '까일 만한' 일투성이였다. 그와 대비하여 고통스러운 상황에서도 끝까지 인간다움과 남을 배려하는 신사다움을 잃지 않고 장렬하게 죽어간 스콧은 칭송받았다. 물론 그가 남긴 '일기'가 그런 분위기에 크게 일조한 것은 당연했다.

물론 아문센도 훗날 탐험 도중에 조난사했다는 것을 생각하면 인생이 무상하긴 하다.

오늘날에 와선 아문센의 꼼꼼한 준비성, 냉정한 판단력과 스콧의 무모한 열정을 대비시켜 두 사람의 경쟁을 이야기하는 경우가 많다. 리더의 성향이 탐험대의 실패와 성공을 갈랐다는 것이 그 이야기의 논점이다. 물론이다. 게다가 탐험대장이라고 하면, 자신뿐 아니라 대원들의 목숨까지 책임져야 하니 얼마나 중요한 직책인가.

두 탐험가의 라이벌십 뒤에는 국가 간의 대결이나 스폰서 대결같이 알고 싶지 않은 부분들도 존재한다. 오늘날의 탐험가들이 그러하듯 이때도 탐험에는 적지 않은 자본이 필요했고, 그렇기에 돈과 관련된 지저분한 경쟁도 벌여야 했다. 그들의 경쟁이 유럽(그리고 미국) 백인 위주의 알력 싸움이었다는 점도 씁쓸하다.

이렇게 정리하고 보면 스콧은 단지 자신의 실수로 조난사 당한 불행하고 어리석은 인간일지도 모른다. 그럼에도 새드엔딩으로 끝나는 이 실패의 기록은 매력적이다.

나는 《남극일기》가 도서관에서 왜 800번 대(문학)가 아니라 900번 대로 분류되었는지 의문이었다. 자신의 마음을 담은 부분이 너무 많은 이 책은 일기이자 수필이니 말이다. 그것도 그렇지만, 이 책은 후일담을 비롯한 비정한 현실보다는 한 사람의 고군분투를 보여주고 있기에 800번 대로 분류하는 것이 옳다고 생각했다.

아이러니하게도, 이 책의 가장 첫 장에는 스콧이 아내에게 남긴 마지막 편지가 담겨있다. 보통 일기 형식의 글이 시간순으로 수록되는 것에 비해 꽤 특별한 구성이었던 것이다. 아마도 스콧의 책을 꾸렸던 당시의 누군가도 이 글을 '800'번에 가깝게 생각했던 것이 아닐까.

한 인간의 실패를 접할 때 보통 우리는 어떤 반응을 보일까. 삶의 교훈을 배우게 될까. 혹은 한 인간에 대한 안타까움 같은 것을 느낄까.

우리는 매일 어떤 일을 결정하고 행동한다. 그러나 이런 행동으로 인해 훗날 내가 실패의 구렁텅이로 빠지고 심지어 목숨을 잃게 되더라도, 당장은 그것을 모른다. 한 치 앞도 내다보지 못하는 삶 속, 우린 실패의 서사를 읽으며, 발버둥 치는 삶에 대해 잠시나마 안쓰러워하고 응원하고 싶은 마음을 갖는다.

그렇기에 나는 성공한 기록보다 실패한 기록에 관심을 쏟는 것이다.

/ 〈라이언 일병 구하기〉 /

승패와 관계없는 엔딩

나는 스티븐 스필버그의 영화를 좋아한다. 어릴 땐 〈인디아나 존스〉 시리즈 같은 모험 영화를 좋아했다. 스필버그가 제작자로 참여한 〈구니스〉도 어린이 모험 영화로서 지금도 최고라 생각한다. 나이 들어선 〈쉰들러 리스트〉 같은 실제 역사를 바탕으로 한 영화를 좋아했는데, 〈라이언 일병 구하기〉도 실화를 바탕으로 한 영화 중 하나였다. 그런데도 나는 〈라이언 일병 구하기〉를 꽤 늦게 보았다. 늦어진 이유는 별게 아니라 이상한 반골 기질 때문이었다. 시쳇말로 '홍대병'이라 불리는 반골 기질로 생각하면, 이 영화는 너무도 대중적이고 유명했다. 여러 매체에서 언급되는 데다, 때론 영화의 내용이나 등장인물을 특정 상황에 빗대어 말하는 탓에 내용도 거의 알고 있었다. 그렇기에 내겐 이 영화를 급하게 볼 의미가 딱히 없었다.

명절 한낮 시간에 공중파 TV에서 이 영화를 방영한 적이 있다. 그만큼 대중적인 픽이란 뜻이므로, 오히려 〈라이언 일병 구하기〉는 나에게서 멀어졌다. 지금 생각해보면, 이 영화를 명절 한낮에 방영한 것은 미친 짓이다. 검열을 했겠지만, 이 영화를 어린아이가 본다고 생각하니 너무도 아찔한 것이다. 죽음과 신체 절단이 얼마나 자세히 다뤄지는지. (다른 아이들은 어떨지 모르겠지만, 어린 권민경이 봤다면 분명 몇 날 며칠 잠 못 이뤘을 묘사이다.)

내가 이 영화를 제대로 본 것은, 한참 2차 대전에 관련된 책이나 문서를 읽고 있을 때였다. 그런데 앞서 말한, 어린이에게 유해한 첫 장면을, 어른 권민경은 문자 그대로 숨도 제대로 못 쉬고 시청했다. 노르망디 상륙작전을 묘사한, 영화의 첫 30분가량에서, 전쟁 영화의 묘미를 제대로 느낄 수 있다. 죽고 죽이는, 낭만 없는 묘사. 내가 전장에 함께 있는 듯한 긴 박감이 보는 사람을 영화에 몰입하게 만든다. 이걸 처음 영화관에서 본 사람들은 얼마나 충격적이고, 또 황홀했을까. 그런 생각까지 했다.

노르망디 장면 이후로 영화의 진행은 다소 소강 상태를 맞는데, 그때부터 핵심 이야기가 전개된다. 라이언 가문의 4형제가 2차 대전에 참전했는데 그중 3명이 전사한다. 막내인 '라이언 일병'만이라도 무사히 귀환시키기 위해 라이언 일병 구출 부대가 편성된다. 라이언이 있던 공수부대는 극한 상황에 몰려 있었으므로, 죽었는지 살았는지 알 수 없는 그를 찾기 위해 구출 부대 '미합중국 육군 제2 레인저 대대'는 격전지를 누빈다.

8명이었던 대대는, 여정을 이어갈수록 구성원 수가 줄어든다. 부대원이 사망하는 것이다. 그들의 사망 요인은 여러 가지였으나, 결국 전시 상황에서 일어난 참혹한 죽음이었다. 안전한 사람은 아무도 없었다. 산술적으로 따지면, 라이언을 구하는 작전은, 첫 희생자가 발생한 순간부터 이미 밑진 작전이었다. 일병 하나를 구하기 위해 몇 명의 목숨이 희생한 것인지. 그러므로 단순히 계산하자면 실패한 작전인 것이다.

미합중국 육군 제2 레인저 대대의 구성원들은 모두 매우 개성적이고 매력적이다. 내 마음에 가장 들었던 인물은 제 역할에 충실했으며 선했던 의무병 웨이드, 저격 시에 기도문을 외는, 신의 이름으로 적을 저격한 잭슨 등이 있다. 그렇기에 관객들은 이들의 여정에 더욱 몰입할 수 있다. 역설적으로, 그런 매력적인 인물이기 때문에 그들의 죽음이 더 허무하게 느껴진다. 어떤 사람은 올곧고 매력적인 인물들이 라이언을 구하기 위해 노력했기 때문에, 어머니를 슬픔에서 구해준 그들의 숭고한 행위가 더욱 소중하게 느껴진다고 한다. 그러나 사람의 목숨이라는 것이 또 다른 누군가를 희생해서 지켜야 하는 것인가에 대해서, 나는 회의적이다.

다만 그건 내가 라이언 구출 부대에 이입해서일 것이다. 라이언 일병의 입장이 되어본다면, 구출 부대의 희생은 매우 감사한 일임이 틀림없다. 나를 부모님에게 돌려보내기 위해 누군가가 목숨을 걸고 찾아다녔다고 하면(물론 작중 라이언 일병처럼 누군 싸우고 있는데 나만 돌아가라 하면 반발심이 들겠지만 살아남아 두고두고 생각하면) 평생 못 잊을 은혜로 여길 것이다.

결국 8명에서 시작했던 구출 부대에서 끝까지 살아남은 사람은 단 두 명이었다. 라이언 일병 또한 무사히 집으로 돌아간다. 그렇다면 이 영화는 해피엔딩인 것인가, 아니면 새드엔딩인 것인가. 물론 나는 〈라이언 일병 구하기〉가 새드엔딩이라 생각하기 때문에 이 글을 쓰고 있지만, 이는 생각해볼 문제이다.

우리는 모두 보이지 않은 누군가의 희생을 바탕으로 오늘을 살아가고 있다. 그 누군가는 독립운동가일 수도 있고, 나에게 살을 내준 송아지일 수도 있다. 하지만 정말 그렇다고 해도, 그들은 내게서 너무 먼 존재이다. 그런데 나와 관계를 맺었던 특정되는 누군가가 나를 위해 희생한다고 생각하면 의미가 달라진다. 무엇보다 나는, 그들의 희생을 업고 남은 생을 살아갈 자신이 없다. 그 때문에 이 영화는 내게 새드엔딩이다.

살아있는 사람으로서, 남을 희생시키지 않고, 아무도 죽지 않는 삶을 살고 싶다는 희망을 품고 있다. 그 때문에 모두가 상처받을 수밖에 없는 전쟁이야말로 가장 슬픈 결말을 맺을 수밖에 없다. 승패와 상관없이 말이다.

/ 〈파이란〉 /

다른 시간
같은 눈물

〈파이란〉을 처음 본 것은 내가 학교를 자퇴하고 집에서 놀고 있을 때이다. 고등학교 동창 최민을 만나 동대문의 심야 영화관에 갔다. 차도 끊긴 늦은 시간이라 영화관은 조용했고, 친구는 졸았다. 최민은 학교에 다니느라 서울에서 조금 떨어진 곳에서 지내다 주말에 서울에 왔다. 그날도 기나긴 일과를 끝내고 나를 만나러 온 참이었으므로, 피곤할 만도 했다.

영화에 대한 사전 정보도 뭣도 없었다. 우리는 첫차를 기다리기 위해 그때 상영하고 있던 영화를 봤을 뿐.

*

〈파이란〉은 남자주인공 이강재 시점의 '현재'와

이미 세상을 떠난 여자주인공 파이란 시점의 '과거'를 교차해 보여준다. 어쩌면 이미 죽음이라는 결말이 정해져 있는 이야기를 더욱 고조시키는 것은 쉽지 않을 것이나 이 영화는 그것을 해낸다.

결과적으로 나는 이 영화를 매우 재미있게 보았다. 함께 간 친구는 내내 졸고 옆에서 홀로 영화를 보는 상황이 불편하고 아쉬울 법도 한데, 그때 나는 전혀 그렇지 않았다. 그도 그럴 것이 나는 영화 초반 이후부턴 내내 눈물을 흘렸으므로, 최민이 자고 있었다는 사실이 오히려 다행이었다. 소리만 애써 내지 않았을 뿐, 거의 오열이었다. 그런 추한 모습은 보이지 않는 편이 나았다.

*

'신파'와 새드엔딩의 차이에 대해 생각하면 늘 제일 먼저 떠올리는 영화가 〈파이란〉이다. 과연 어디서부터 신파가 되고 아니게 되는지, 이 영화를 통해 고민하게 되는 일이 많다.

이강재와 파이란의 삶은 말 그대로 비극적이다. 강재는 같은 건달 무리에게도 무시당하는 삶을 살고 있고, 파이란은 세상에 혈혈단신 남겨져 이주노동자가 된다. 파이란은 심지어 병까지 걸린다! 이 얼마나 노골적으로 눈물샘을 노린 소재란 말인가. 그런데도 이 영화는 신파극이라고 불리지 않는다. 누가 정한지는 모르겠지만, 일부 영화 팬들 사이에선 '한국 3대 비극 영화'라 불릴 정도다.

사실 나는 어떤 과학적 근거도 없이, 사람은 주기적으로 울어야 한다고 믿는다. 눈물을 흘린다는 물리적인 행위를 통해 묵은 감정이 씻겨 나갈 수 있다고 생각하는 것이다. 신파 영화는, 혹 예술적 완성도가 조금 떨어진다 해도, 그런 면에서 확실히 효용적이다. 단순한 스트레스 해소를 위해서라도, 새드엔딩의 영화는 찾아볼 만한 것이다. 그래도 기왕이면 좀 더 좋은 걸 보고 싶은 게 당연하다면 당연하지만.

*

대부분의 헤테로 로맨스 영화에선 남녀가 함께 보내는 시간이 절대적으로 다루어진다. 그런 시간을 바탕으로 두 사람의 헤어진 상태, 혹은 더 발전된 상태를 보여준다. 그런데 〈파이란〉은 조금 다르다. 법적으로 부부관계가 되는 두 주인공이 잠깐 스쳐 지나가는 것 빼고는 실제로 함께 시간을 보낸 적은 없다.

언젠가 블로그에서 〈파이란〉의 리뷰를 찾아본 적이 있는데, 바로 이 만나지 않는다는 점 때문에 주인공에게 이입이 되지 않는다는 글을 보았다. 함께 보낸 시간이 없는 사람의 죽음에 그토록 슬피 우는 모습이 공감되지 않는다는 것이다.

그러나 역으로 이 영화는 그 만나지 못한 사람들 간의 교류가 가장 핵심 포인트이다.

사랑에 고프고 마음 약한 사람이 기댈 사람이 없어지면 어떻게 될까. 〈파이란〉의 두 주인공의 모습에서 그 양태를 볼 수 있다.

외로운 사람이 마음에 품은 이상향은 애처롭고

애틋하다. 이미지만으로 존재하는 대상이 자신의 구원자라는 것이 어쩌면 참 슬프지만 거기에 기댈 수밖에 없는 외로움.

막다른 곳에 몰린 사람이 신을 숭배하고 외로운 소녀가 덕질을 하듯(후자는 내 경험이다) 그들은 만날 수 없으나 마음 기댈 곳을 서로로 정한 것이다. 외로운 아이가 애착 인형에 말을 걸듯, 한정된 정보 안에서 자신만의 이미지를 구축하며 그들은 상대에 몰두한다. 그들은 서로의 아이돌이었다. 생활 양식이 다르고, 국적도 성별도 다르지만 공평한 외로움을 공유한 것이다.

*

다시 말하지만, 내가 이 영화를 처음 본 것은 개봉한 해인 2001년. 다시 본 것은 20년이란 긴 시간이 흐른 뒤였다. 다시 보니 여성이나 사회적 약자에 대한 혐오 등, 예전 같으면 개의치 않고 넘어갔을 온갖 불편한 점이 눈에 띄었다. 그러나 그런 것들을 감안해도, 오히려 그런 것들을 인지하고 의식적으로 삭

제해가니 시간이 지나도 변하지 않은 진정한 '알맹이'가 무엇인지 더욱 절실해졌다.

그러니까 스무 살의 내가 컴컴한 영화관에서 몰래 흘렸던 눈물은 20년이 지나도 의미가 크게 변하지 않았다. 고통스러운 현실 속에서도 성마르지 않은, 어딘지 순박하고 어리석은 사람들의 마음을 지켜보자면 눈물을 흘리지 않을 수 없었던 것이다. 아마 스무 살의 나는 학교를 그만두고 어디 기댈 곳 없이 외로웠던 모양이고 그만큼 이 둘에게 이입했던 모양이다.

그리고 이 바보같이 착한 이들만이 할 수 있었던 사랑을 신파라 부르면 너무 아쉬울 것이니, 누군가 이 영화에 한국 3대 비극 영화라는 거창한 타이틀을 붙인 것일지 모른다.

*

만약 이 영화가 행복한 결말을 맞았다면 어땠을까. 나는 안도의 한숨을 쉬고 영화관을 나온 후, 이 영화에 대한 강렬한 기억을 지웠을까?

그랬을 수도 있고 아닐 수도 있다. 하지만 〈파이란〉의 두 주인공의 사랑이 현실로 이어지지 않고 끝나 나는 조금 안심한다. 이들의 현실이 너무 팍팍해서, 그것을 사실적으로 그리는 것은 그다지 달갑지 않다.

모든 육체적이고 사실적인 사랑이 의미 없는 것은 아니다. 그러나 어떤 사랑은 상상 속에서 완성되기도 한다. 그러니까 어느 부분에선, 이 사랑이 망가지는 것을 보지 않고 서로의 죽음으로 끝나는 게 더 나았다고 생각한다. 이런 것을 '메리 배드엔딩'이라 할 만하지 않을까.

사담
-슬럼프 시기의 시

1. 현실이 시궁창

"나는 늘 날 다 쓰면 어쩌지 걱정이다. 나는 비누처럼 녹고 홀 케이크 마냥 파 먹힌다. 오늘은 늦도록 밝다. 뒤돌면 놀랍게도 어두울 것이다. 이상한 쓸쓸. 나의 맘은 그러나

초딩, 유딩, 어린이집도 없던 시절, 80년대 초로 돌아가도 그대로니까 놀랍거나 새삼스럽진 않다."

최근에 휴대폰 메모장에 적어놓은 글이다. 글의 요지는 '난 지금 슬럼프를 겪고 있다' 혹은 '괴롭다'라는 거다. 요새 나는, 글 쓰는 것뿐 아니라 생활에도 어려움을 겪고 있다. (의사 선생님은) 내가 아주 어

릴 때부터 멘탈의 문제를 갖고 있었을 거라고 한다. 그러니 새삼스러울 것도 없지만, 문제가 유독 심해질 때가 있다. 바로 지금이 그때인지 글쓰기이든, 업무적인 것이든, 매사에 자신감이 떨어진 상태이다. 온도와 습도, 바이오리듬, 그때의 상황에 따라 시가 달라지듯, 한 사람에게 나타나는 슬럼프도 때마다 얼굴이 다르다. 어쨌든 지금의 내가 겪고 있는 슬럼프는 '만사가 안 되는' 형태로 나타난다.

이런 시기에 내가 쓸 수 있는 글은 어떤 글일까. 그 질문에서부터 이 에세이가 시작된다.

대부분의 사람들이 사는 동안 슬럼프라고 부를 만한 시기를 겪었을 것이다. 결국 시를 쓰는 것뿐만 아니라 삶을 살아가는 것도 오롯이 자신의 몫이지만 나는 시인들이 슬럼프 시기에 쓴 시가 보고 싶어졌다. 빤한 이야기이지만, 문학의 역할 중엔 '위로'도 포함되어 있을 테다. 어떤 종류의 '시궁창스러운' 이야기는, 오히려 위로가 되기도 한다. 그래서 우리는 새드엔딩을 찾는 것이리라.

이는 나보다 더 불행한 사람이 있어서 내 상황이 비교 우위에 있다는 식의 안도가 아니다. 그렇다고 삶의 고통을 미화하고자 그런 글을 읽는 것도 아니다. 쇼펜하우어는 삶이 고통이라고 말했다. 동감이다. 어차피 고통이 정해져 있다면 그 고통을 견뎌내는 방식 정도는 있어도 되지 않을까. 내가 '슬럼프' 시기에 쓴 글을 읽고자 하는 이유는, 고통을 견디는 방식이라는 게 결국 글쓰기가 아닐까 하는, 글을 쓴다는 행위 자체에서 오는 위로를 느끼기 위해서이다. 더불어 같은 일을 하고 있는 사람들에게서 일말의 동지애 같은 걸 찾고 싶었기 때문일 거다.

2. 자료의 취합

이런 내용을 쓰자고 기획한 후 그에 걸맞은 시를 찾아야 했다. 그런데 슬럼프 시기에 썼다는 걸 시만 보고선 어떻게 알 수 있겠는가. 물론 낌새는 숨길 수 없지만, 문학이 반드시 사실만을 다루진 않기 때문에 시의 내용이 시인의 실제 상황과 밀접하게 연관되어 있지 않을 수도 있다. 어떤 상상의 산물일 수도 있다. 그렇기 때문에 감히 슬럼프 시기에 썼다고 확정해서 다루기엔 (아기 무당을 자칭한 적도 있는 주제에) 나는 배짱도 혜안도 없다. 최근 2년 동안 발표된 모든 작가 노트를 뒤져보면 슬럼프 시인의 목록을 엑셀 파일로 만들 수 있을지 모르나, 그건 연구의 영역일 터이다.

나는 주변의 동료들을 먼저 떠올렸고 그들이 모두 슬럼프를 겪어왔다는 가정하에 직접 기획에 대해 밝히고 자료를 받기로 했다. 일종의 '취재' 과정을 거쳤다. 처음 떠올린 시인들은 다 등단 초기에 같이 지낸 친구들이었다. 더불어 평소 좋은 작업을 하고 있다고 생각했던 후배도 생각났다. 그들에게 내가 이런 글쓰기를 기획했으니, 당신들이 슬럼프 시기에 쓴 시를 달라고 요청했다. 고맙게도 그들의 시를 받아 볼 수 있었다.

3. 읽기

시 양안다 〈이토록 작고 아름다운 (상)〉

시 임승유 〈안내문〉

시 성동혁 〈이해〉

4. 한 번 더 읽기

읽었으니 감상을 쓰는 일이 남았다.

그런데 내가 생각하는 리뷰란, 읽은 사람의 감상을 알리는 글이 아니다. 시를 다른 이와 나눠 읽는 행위 자체가 리뷰의 의미라 생각한다. 게다가 이 리뷰는 처음부터 결론을 제시하고 있다. '시인에게 부탁하여 슬럼프 시기에 쓴 시를 취합했다. 그런데 그 시를 리뷰할 사람이 지독한 슬럼프 상태이다.'

그래서 나는 친구들의 시에 내 감상을 덧붙이는 게 중언부언이 돼버릴까 고민이었다.

문학작품을 이해하는 데에 작가론은 떼어낼 수 없는 요소이지만, 역으로 모든 문학작품은 작가에게서 자유로워지고 싶어 한다. 작품은 글을 썼을 때 작가의 상황이나 바이오리듬 따위보다, 작품 자체로서 완성되고 싶어 한다. 그런데 이 글의 독자들은, 작가론적으로 중요한 사실을 알게 된 후 세 편의 시를 읽은 것이다. 어떻게 읽었을까?

말을 아낀다고 했으나, 나도 독자이니 한마디 덧붙이자면, 가슴 저몄다. 하하. 이런 표현을 쓰면 스스로 오그라들어 피식 웃곤 하지만, 실제로 나는 가슴 저몄다. 대중가요 가사 같은 문장이지만 대중가요 가사는 핵심을 말해주기도 한다.

5-1. 에피소드 1_슬럼프와 길이

내가 전달할 수 있는 것은 내가 느낀 감상의 미사여구보다, '취재' 과정에서 알게 된 사실이었다.

나는 이 글을 기획하면서, 시인들이 각자 어떤 문제를 겪었는지, 어떤 고통을 느꼈는지는 부러 물어보진 않았다. 그저 슬럼프 시기에 쓴 시를 주십사 요청했고, 나는 그저 '물질'화된 텍스트, 즉 시 작품을 받아 읽었다.

가장 먼저 시를 보낸 사람은 양안다였다. 유선으로 부탁했을 때도, 이메일 상에서도 양안다는 슬럼프 시기에 쓴 자신의 시들이 너무 긴 것을 걱정했다. 그 점이 흥미로웠다. 시인은 아마 자신의 언어가 낭비

되고 있다고 걱정한 것은 아닐까 싶다. 실제로 양안다가 보내준 시편들은 문예지에서 볼 수 있는 '평균적'인 시보다 길긴 하다. 하지만 어쩔 수 없지 않은가. 특정 시기엔 그 시기의 언어가 있는 것이고 슬럼프 시기의 양안다는 생각도 감정도, 그를 담을 언어도 넘쳤던 것인데. 어쩌면 그때 쓴 시들이 너무 길다며 걱정하는 것은 이성적인 판단에 가깝다. 그런 판단을 하고 있는 시인의 말을 통해, 시인이 '슬럼프'라 말한 시기를 넘어서 또 다른 무렵에 서 있다고 추측해본다. 그렇다면 그건 다행이었다.

사실 슬럼프 시기라는 말은, 반대로 슬럼프가 아닌 시기, 평소의 상태가 있다는 것을 내포한다. 그렇다면 양안다라는 시인의, 슬럼프와 슬럼프가 아닌 시기를 구분하는 것은 글의 길이인 것인가? 물론 그렇지 않다.

작가론을 벗어나려는 문학작품의 속성은 여기서도 나타난다. 작품을 해석하는 것은 독자이다. 작가가 어떤 상태로 쓰든, 받아들이는 것은 독자의 몫이다. 양안다 시의 길이를 고민하는 것은 작가 본인과 그를 연구하는 연구자의 몫일 뿐, 독자의 몫은 아니다. 독자는 작품 자체로 느끼고 생각한다. 다만, 독자인 내가 하나 고백할 것이 있다면, 다음과 같은 점이다.

어느 시기에 쓴 것이라 특정 지을 수 없으나, 나는 양안다의 몇몇 시편은 좀 길다고 생각했다. 그러나 〈이토록 작고 아름다운 (상)〉이 슬럼프 시기의 시라는 걸 알자, 앞서 말한 것처럼, 이 시에서 뺄 내용이 없다고 생각하게 되었다. 결국 문학작품은 어떤 전제에 완벽하게 맞아떨어지지 않는다. 어떤 시편들은 작가론이 필요하고 어떤 시편은 작가론이 감상을 방해한다. 다시 말하지만 감상은 (나를 포함한) 독자의 몫이다.

5-2. 에피소드 2_슬럼프의 종류

“나는 수박 먹기가 조심스럽다. 내가 어릴 때, 부모가 악의 없이 던진 농담 때문이다. 수박씨를 삼키면 배에서 수박이 자라난다는, 말도 안 되는 소리가 아직 나에게 일말의 지배력을 행사한다. 이제 전처럼 씨를 꼼꼼하게 발라내진 않지만, 수박을 씨째로 먹을 땐, 마음을 다잡아야 한다. 이걸 먹어도 배에서 뭐가 자라진 않는다는 걸 상기해야만 편히 먹을 수 있단 말이다.

난 그런 식으로 어른이 되었다. 누구나 이상한 점은 갖고 있으나 어릴 때부터 쓸데없이 예민했으니 어른이 되어도 그런 기질 중 상당수가 남아 있는 것이다. 나는 의도치 않은 미신에 지배받으며 살아왔다. 그래서 늘 이성적으로 행동하려 노력하고 있다. 그것 때문에 힘들다."

이 글을 쓸 무렵, 연일 기록적 폭염이 이어졌다. 슬럼프 시기를 지나왔다는 증거가 시로 남는 것처럼, 이 글은 폭염을 견딘 증거로 남을 것이다. 가장 더운 시기는 지나고 독자들은 이미 지나간 시기에 쓴 글을 읽는다.

더위 때문인지, 여름 동안 나는 수박을 많이 먹었고 마감일 무렵에도 수박을 먹었다. 그래서 위와 같은 글을 썼다. 남들에게 슬럼프에 관한 시를 달라고 청하고 나니 내 슬럼프는 어떤 종류인가에 대해서 생각하게 되었다.

임승유는 세 명 중 유일하게 어떤 상황에서 쓴 시인지에 대한 메모를 시와 함께 보내주었다. 메모의 내용을 자세히 밝히지 않겠지만 어쨌든 시인이 시 쓰기 자체에 많은 고민을 했다는 것만 알린다. 임승유란 사람에게서 시 쓰기란, 내가 앞서 말한 것처럼, 어떤 고통을 견뎌내는 방식을 넘어설 수도 있겠다고 생각했다.

나는 자주 세상엔 시보다 좋은 것이 많다고, 시 때문에 어떤 고통을 겪어야 한다면 시를 버리라고, 내가 있기에 시가 있는 것이라고 말하고 다닌다. 그런 주제에 시에 매여 있다. 임승유의 태도는 내 츤데레적 태도와 달리 더 솔직하다. 적어도 시에 대해선 그렇다. 〈안내문〉의 마지막 구절인 "내가 지나가고 있다는 걸"에서 나는 유령같이 투명한 화자가 시 밖으로 걸어 나가는 걸 느꼈다. 그 투명한 화자의 얼굴을 떠올리면 어쩔 수 없이 시인의 모습이 가장 먼저 떠오른다.

(시에 대해) 거짓이든 진짜든 배짱부리는 나와 달리 임승유에겐 그런 여유가 없다. 시를 쓴다는 것은 그에게 무척 간절한 일이라는 걸 간략하고 단순한 그의 시작노트에서 느꼈다. 세 명의 시인이 보내준 시는 모두 다른 종류의 슬럼프를 담고 있으나, 임승유의 시는 다른 두 명의 것과 또 다른 결이었다. 다른 시인들이 관계나 어떤 사건같이 내외부적인 요인으로 인한 걸 슬럼프라 말했다면, 임승유는 시 쓰기 자체가 안 되는 걸 슬럼프라 말한 것이다.

내가 수박 이야기를 꺼낸 이유는, 내 슬럼프의 원인이 다른 시인의 것과 다르다는 것을 말하기 위함이었다. 우리는 모두 다른 슬럼프 시기를 보냈거나 보내고 있다. 임승유의 시에선 좋든 싫든 쓸 수밖에 없는, 시를 버티고 있는 그의 모습이 비쳐 보였다.

그래도 공통적인 것은, 이런 망할 시기에도 모두 시를 쓰고 있다는 점이다. 비바람이 치는 날, 비를 피해 빈집에 들어간 나그네가 눅눅한 종이로라도 불을 지피려 노력하는 것처럼, 우리는 어떻게든 쓰고 있다. 이거야말로 무슨 업보인지. 쯧.

5-3. 에피소드 3_슬럼프와 대상

성동혁이 시를 전달해주며 밝힌 것은 꽤 오래 시를 쓰지 못했었고, 오랜만에 시를 발표했다는 사실이었다. 시를 쓰지 못하는 동안, 그에게 '원수'가 생겼나 보다. 나에게도 원수가 있다. 원수 때문에 나는 원치 않는 병이 발병했고 자주 고통스러운데, 성동혁도 그런 대상이 있나 보다—라 생각하며, 나는 한숨을 쉬었다.

물론 성동혁의 〈이해〉 속의 '원수'는 사람을 지칭하는 것이 아닐 수도 있다. 어쨌든 나에게 고통을 주는 대상에 대해서도 '예술적'으로 표현해야 하는 것이 예술가의 운명이다. 원수를 사랑하라는 말은 끝내 지켜질 수 없었다. 불경하지만, 예수와 더불어 4대 성인 중 한 명인 석가모니쯤 되어야, 그러니까 내가 나란 존재를 넘어서 해탈쯤 해야 원수를 사랑하는 게 가능하지 않을까. 우리가 종교인이 아니라 시인인 까닭이 거기서 밝혀진다.

어떤 대상에 대해 말할 때, 시인이라는 예술가는 그 대상에 대한 감정을 절제한다기보다, 최대한 효과적으로 전달할 방법을 찾는다.(그 무수한 전달 방법 중에 담담한 절제의 방법도 포함되는 것이다.) 성동혁의 시에선 '원수'와 '묘'라는 말이 반복된다. 그 두 단어 사이의 생략된 말들과, 단어가 내포하고 있는 부정적 의미를 통해 독자는 강렬한 감정을 전달받는다. 강하게 던져진 공이 반동으로 던진 사람에게 튕겨져 오듯, 시인이 '원수'에게 갖는 감정이 시인에게 얼마나 큰 반동으로 되돌아가는지, 독자인 나는 추체험한다. 독자는 시인의 작품을 독해할 자유를 갖고 있으면서도, 시인의 강렬함에 흔들리는 대상이기도 하다.

시는 발화자인 시인에게서 독자인 나에게로 전해졌다. 오롯이 시인의 것이었던, 자기 자신이 유일한 독자였던 미발표 시기를 지나, 독자들에게 '전해져 버린' 것이다. 이 리뷰는 나란 대상을 통과해서 나온, 어떤 감정의 덩어리이다. 시인의 고통을 내가 정수기 필터처럼 걸러냈는지, 아니면 뭔가 더러운 것을 더 섞어버렸는지는 모르겠다. 아니면 한편으론 감정을 필터링했고, 한편으론 오염시켰을지 모른다.

결국 세상은 수많은 나와 나, 대상과 대상 사이의 관계일 것이다. 그리하여 대상에 대해 강한 감정을 드러낸 시를 보며 우리는 시인의 감정에 깊게 관여한다. 그 순간 독자는 시인 혹은 화자를 대상으로 느끼지 않고, 나 자신과 동일시하게 된다.

서두에서 말했던, 문학작품이 주는 위로는 바로 그때 생겨난다. 슬럼프는 비단 작가들만 겪는 것이 아니다. 전부는 아닐지라도, 대부분의 사람들은 한 번쯤 겪는 일이다. 작가들의 고통을 바라보며 어떤 사람들은 그것을 내 것처럼 느낀다. 인간은 대부분 고통스러운 시기를 겪는다는 동질감 때문이다. 어떤 대상을 '원수'라고 부르는 시를 통해, 시를 쓴 사람과 동지 의식을 갖는 것은 재미있는 일이다.

6. 약속된 분량을 넘긴 결(結)

그래서 힘든 시간에 쓴 시가, 문학적으로 어떤 가치를 갖느냐고 묻는다면, 나는 할 말이 없다. 그저 내가 생각했던 리뷰의 정의처럼, 우리 함께 이미 발표된 시들을 다시 읽어보자는 것. 이 지면에서 우리가 함께본 시들은 '발표된 시기'가 시인들이 문학적으로든, 환경적으로든, 힘든 시기였다는 것일 뿐, 그저 그뿐이다. 내가 신체적 고통을 받았던 시기는 이제 과거의 일이지만 그때의 기억이 시로는 남아 있다. 정신 공격은 아직도 받고 있으며 그런 내용을 담은 시는 계속 쓰일 예정이다.

이 지면을 통해 나는 세 명의 시인, 그리고 이 글의 독자들과 어떤 관계를 맺어버렸다. 그러니 그들을 향해 이야기하겠다. 삶이 고통스럽지 않다는 게 정확히 어떤 느낌인지는 모르겠으나 각자의 기준이 있을 테니 그것에 충족되는 생활을 하길 바란다. 이 말이 마음을 담아 써보려 했던 이 글의 결론이다.

지금 우리 슬픈 시절에 쓴 슬픈 시를 읽고 있지

만, 앞으로 더 행복한 곳으로 가자. 그리고 그런 슬픈 것을 읽는 사람들도 언젠가 그리되리라.

이런 식의 기원(祈願)을 글에 담는 것 자체가 내가 슬럼프를 헤쳐 나가는 방법이리라.

엔딩
다시 쓰기

'명탐정 홈즈'는 널리 알려져 있다. 만화, 영화, 드라마, 소설, 어느 매체로든 누구나 한 번쯤 접했을 것이다.

나로 말하자면, '홈즈'를 처음 접한 경로가 특이했다. 초등학교 3학년 때로 기억하는데, 외할머니가 주방용품인가를 구입하고 사은품을 받았다고 하셨다. 그 사은품은 《명탐정 홈즈》 40권짜리 한 질이었다. 정확히 말하면 제목이 《명탐정 홈즈》가 아니었다. 일본에서 출판된 책을 그대로 재출판(무단으로 출판한 해적판일 가능성이 높다)하여 주인공 이름이 모두 일본식이었다. 그래서 제목도 '명탐정 호움즈'였다. 그의 동료인 왓슨의 이름은 와트슨이었다.

40권의 전집이라지만, 사실 단편 한두 편이 한

권으로 이뤄져, 웬만한 문고판보다도 얇은 책자들로 구성돼 있었다. 그래도 구색을 다 갖추어, 훌륭한 표지에 일러스트도 수록된 어엿한 소설 전집이긴 했다.

외할머니 집에서 우리 집으로 넘어온 이 책들은, 우리 네 식구에게 두루 읽혔다. 그뿐 아니라 동네 친구들이 자기들 책처럼 돌려 보았다.(그 와중에 두세 권 정도는 분실되었다.)

내가 이야기하고 싶은 것은 이중 마지막 40권인 〈범죄왕의 최후〉에 관한 것이다. 이 '명탐정 호움즈' 시리즈는 코난 도일이 소설을 발표한 순서가 아니라 출판사에서 무작위로 편집한 순서대로 번호가 매겨졌는데, 40권 또한 그랬다. 과연 시리즈의 마지막을 장식하기엔 좋은 내용이었다. 그런데 나는 그 40권의 비밀을 성인이 된 후에도 한참 뒤에야 알게 되었다.

작가인 코난 도일은 《명탐정 홈즈》 시리즈로 큰 인기를 끌었지만, 다른 글을 쓰고 싶었다. 결국 홈즈를 죽이고 시리즈를 끝맺기로 결심한다. 〈마지막 사건〉이란 단편에 그 내용이 실린다. 당연히 많은 독자들이 실망하고 슬퍼했다. 독자들은 코난 도일에게 홈즈를 되살려놓길 끈질기게 요구했다. 아마 엄청난 편지 공세, 스토킹에 가까운 괴롭힘도 있었던 모양이다. 코난 도일은 결국, 연재 종료 7년이 지난 후, 새로운 홈즈 이야기(다만 〈마지막 사건〉 이전 시점이다)를 썼다. 그 이후에 죽은 것으로 처리되었던 홈즈가 되돌아오는 이야기도 쓴다.

〈마지막 사건〉이 홈즈의 최후를 그린 소설이라면 〈빈집의 모험〉이 바로 죽은 줄 알았던 홈즈가 돌아와 범죄왕과 싸우는 이야기이다. 여기서 눈치챈 독자들도 있을지 모르겠지만, 내가 보았던 〈범죄왕의 최후〉는 바로 이 두 이야기를 짬뽕시켜 한 권으로 묶은 책이었다.

그러니까 40권엔 두 가지 단편이 수록되었을 뿐 아니라, 7년간 홈즈를 되살리라 소리쳤던, 당시 홈즈 독자들의 애증의 현실 시간도 책갈피처럼 끼워져 있는 것이다.

이 사실을 뒤늦게 알았을 땐 우선 황당했고, 이윽고 여러 생각이 들었다.

아무래도 《명탐정 홈즈》는 연재 위주로 진행되는 장르 소설이었으므로, 독자들의 의견이 반영될 수밖에 없었을 것이다. 지금으로 말하자면, 사전 제작이 아닌 드라마가, 방영되는 동안 시청자 게시판에서 요구하는 바에 따라 내용이 바뀌는 것 같달까.

아무튼 독자들의 의견대로 홈즈는 되살아났지만, 소설에 대한 평가는 이전만 못했다.

나는 그 시절 독자의 마음이 십분 공감 간다. 너무도 사랑했던 시리즈를 조금 더 보고 싶은 게 애독자의 마음 아니겠는가. 다만, 나 같으면, 죽었던 것을 살려달라는 게 아니라 외전이나 더 써달라 했을 터이다.

주인공의 비극적인 죽음이라는 새드엔딩으로 끝

날 뻔한 홈즈 시리즈는 이렇게 더 이어졌다. 홈즈가 나이 들어 은퇴한 후에 사건을 해결하는 내용의 작품도 나온다. 그러나 이후 홈즈가 어떤 진짜 마지막을 맞이했는지는 홈즈 시리즈 어디에도 다루어지지 않는다. 《명탐정 홈즈》는 결국 해피라고도 새드라고도 할 수 없는 열린 결말(?)로 끝이 난다.

'박수 칠 때 떠나라'란 말은 뻔한 관용구이다. 그러나 홈즈 시리즈엔 어울릴지 모르겠다. 너무 배불리 먹을 때보다 조금 부족하게 먹는 게 좋을 때도 있는 법이다. 이런 홈즈 시리즈를 통해서 새드엔딩을 이야기하는 건 조금 우습지만, 새드엔딩이 더 나을 뻔했다는 것은 중론이다.

독자들과 호흡을 맞추어 책을 완성한다는 것은, 대부분 외롭게 글을 쓰는 나로선 부러운 일이다. 나도 취미 소설로 쓰던 장편 소설을 독자들의 격려와 피드백에 힘입어 완성했던 경험이 있다. 독자들의 즉각적인 반응은 즐겁고 힘이 되는 것이었다. 그러나 독자들이 나에게 따듯한 격려나 도움이 될 만한 피드백이 아니라 자신들이 원하는 바를 끊임없이 요구했다면 괴로웠을 것 같긴 하다.

혼자 쓰는 글과 독자들의 개입. 그 중간 정도의 글쓰기 환경, 어디 없을까?(너무 나 좋은 것만 찾으려는 것일까?)

이렇듯 텍스트의 엔딩은 종종 외부의 힘에 결정되기도 한다. 나는 그것이 무조건 나쁘다고 말하고 싶은 것이 아니다. 다만 작가가 이야기를 끝내기로 마음먹었을 때, 그것은 더 써나갈 힘이 없기 때문일 가능성이 높다. 이렇게 억지로 이어 쓰는 글이 이전과 같을 리 없다. 물론 코난 도일은 7년간만이라도 홈즈를 떠나 있었고, 덕분에 힘을 충전해 다시 돌아온 것일 수도 있다. 그러나 그 쉬는 동안 작가는 그 전의 작가와 많이 달라졌을 것이고, 글 역시 당연히 달라질 수밖에 없다. 휴재를 한다고 무조건 글이 나빠진다는 것은 아니다. 그저, 아예 그만둬야겠다고 마음먹었던 것에 대한 애정이든, 의욕이든 다시 살려내는 것이 쉽지 않을 뿐.

우리는 때로 원치 않은 새드엔딩이라도 받아들일 준비를 해야 한다. 내가 그토록 사랑하던 작품을 지키기 위해서라도 말이다.

이렇게 말하고 보니 새드엔딩을 받아들이는 마음이 마치 인생의 비극을 받아들이는 태도 같기도 하다.

이 책이 소개한 '엔딩'들

유일하다는 거짓말

애니메이션_〈피터 팬의 모험〉, 닛폰 애니메이션

소설_《피터 팬》, 제임스 매슈 베리

한 송이 꽃 피는 봄날 부르는 노래

노래_〈못다 핀 꽃 한 송이〉, 김수철

노래_〈봄날〉, 방탄소년단

카미유 비단과 권민경의 마음에 관한 이야기

애니메이션_〈기동전사 Z 건담〉, 선라이즈

꽃잎 흩날리는 길

만화_《슬램덩크》, 이노우에 다케히코

애니메이션_〈더 퍼스트 슬램덩크〉, 이노우에 다케히코

눈물은 알고 있다

게임_〈더 라스트 가디언〉, SIE 재팬 스튜디오

봄엔 헤어지지 말자

시_〈不醉不歸(불취불귀)〉, 허수경, 《혼자 가는 먼 집》, 문학과지성사

영원히 불완전한 고백

노래_〈고백〉, 델리스파이스

만화_《H2》, 아다치 미츠루

우리는 천국을 모르지만

노래_〈Tears In Heaven〉, 에릭 클랩튼

시_〈유리창 1〉, 정지용

마음의 은유, 던전

게임_〈다키스트 던전〉, 레드훅 스튜디오

존버의 방식으로

소설집_《이를테면 에필로그의 방식으로》, 송지현, 문학과 지성사

슬픈 것을 구석에 놓아두자

그림_〈이카로스의 추락〉, 피테르 브뤼헬

건달은 누군가를 행복하게 해줄 수 없는 걸까요
—아무래도 그런 편이죠

게임_〈용과같이〉 시리즈, 세가

물고기같이 울었다

시_〈낚시질〉, 마종기, 《안 보이는 사랑의 나라》, 문학과지성사

실패담과 성공담 중 고르라면

인문서_《남극일기》, 로버트 팔콘 스콧

승패와 관계없는 엔딩

영화_〈라이언 일병 구하기〉, 스티븐 스필버그

다른 시간 같은 눈물

영화_〈파이란〉, 송해성

사담—슬럼프 시기의 시

시_〈이토록 작고 아름다운 (상)〉, 양안다, 《작은 미래의 책》, 현대문학

시_〈안내문〉, 임승유, 《나는 겨울로 왔고 너는 여름에 있었다》, 문학과지성사

시_〈이해〉, 성동혁, 《아네모네》, 봄날의책

엔딩 다시 쓰기

소설_《명탐정 홈즈》 시리즈, 코난 도일

울고 나서 다시 만나
–새드'엔딩' 이야기

초판 1쇄 발행 2023년 8월 28일

지은이 권민경
발행편집 유지희
디자인 송윤형, 이정아
제작 제이오

펴낸곳 테오리아
출판등록 2013년 6월 28일 제2023-000039호
전화 02-3144-7827 팩스 0303-3444-7827
전자우편 theoriabooks@gmail.com

ⓒ 권민경 2023
ISBN 979-11-87789-41-3 03810

• 이 책은 저작권법에 의하여 보호를 받는 저작물이므로 무단 전재와 복제를 금합니다.
이 책의 전부 또는 일부를 이용하려면 저자와 출판사의 서면 동의를 받아야 합니다.